地下室手記

杜斯妥也夫斯基經典小說新譯

【修訂版】

1864
2014
出版150週年紀念版

櫻桃園文化

國家圖書館出版品預行編目（CIP）資料

地下室手記：杜斯妥也夫斯基經典小說新譯（修訂版）/ 費奧多爾・杜斯妥也夫斯基 (Fyodor Dostoyevsky) 著 ; 丘光 譯 . -- 二版 . -- 臺北市 : 櫻桃園文化 , 2018.12
240 面 ; 14.5x20.5 公分 . -- (經典文學 ; 4R)
ISBN 978-986-92318-9-3

880.57　　　107018977

經典文學 4R
地下室手記：杜斯妥也夫斯基經典小說新譯【修訂版】
Фёдор М. Достоевский. Записки из подполья

作者：費奧多爾・杜斯妥也夫斯基（Fyodor Dostoyevsky）
譯者：丘光
責任編輯：丘光
編輯助理：黃聖翰
校對：陳錦輝、熊宗慧
版面設計（封面及內頁）：丘光
出版者：櫻桃園文化出版有限公司
地址：116 台北市文山區試院路 154 巷 3 弄 1 號 2 樓
電子郵件：vspress.tw@gmail.com
網站：https://vspress.com.tw/

印製：世和印製企業有限公司

總經銷：遠足文化事業股份有限公司
地址：231 新北市新店區民權路 108-2 號 9 樓
電話：02-22181417　傳真：02-86671891

出版日期：2018 年 12 月 19 日二版（修訂版）1 刷
　　　　　2023 年 1 月 16 日二版 3 刷（тираж 1 тыс. экз.）
定價：300 元

本書譯自俄文版杜斯妥也夫斯基作品全集：Ф. М. Достоевский. Полное собрание сочинений в 30-ти томах, Издательство: Наука. Ленинградское отделение, Ленинград, 1973

Printed in Taiwan

地下室手記
杜斯妥也夫斯基經典小說新譯
【修訂版】

Записки из подполья

Фёдор М. Достоевский

費奧多爾・杜斯妥也夫斯基 著　　丘光 譯

評價讚譽

杜斯妥也夫斯基是唯一讓我有所得的心理學家，他是我生命中最美妙的好運之一。

——尼采

格里帕策、杜斯妥也夫斯基、克萊斯特、福樓拜，我認為這四位是我真正的血親。

——卡夫卡

《地下室手記》是他的登峰造極之作，是他所有作品的中心要旨，是他思想的線索。

——紀德

歐洲的年輕世代，特別是德國的年輕人，是把杜斯妥也夫斯基視為他們的典範，而不是歌德或尼采。

——赫塞

他（杜斯妥也夫斯基）把所有的東西都混在一起了，又是宗教，又是政治……不過呢，他當然是一位真正的作家，所追求的有其深刻之處。

——托爾斯泰

對我來說，《地下室手記》中有整個尼采。人們還不善於閱讀這本書，它的內容提供了整個歐洲虛無主義和無政府主義的論據。

——高爾基

杜斯妥也夫斯基是殘酷的天才。

——米哈伊洛夫斯基

杜斯妥也夫斯基不僅是偉大的藝術家，也是偉大的思想家、偉大的心靈預言家，還是天才的辯證論者和最偉大的俄羅斯形而上學者。……他屬於基督教世界，其中已徹底顯露出存在的悲劇歷程……德國人在存在的表層，看到上帝和魔鬼、光明和黑暗的衝突，而當走進精神生活的深處，則只看到上帝，想到光明，這時對立便消失。俄國的杜斯妥也夫斯基所揭示的是，上帝和魔鬼的對立、光明和黑暗的衝突，是位於存在的最深處。……上帝和魔鬼是在人的心靈最深處搏鬥……杜斯妥也夫斯基不像其他人（德國人），他發現悲劇的矛盾性，並不在於心理層面上，而在於存在的深淵中。

——**別爾嘉耶夫**

目次

第一篇　地下室①

①《手記》的作者及《手記》本身，毫無疑問都是虛構出來的。然而，要是考量過我們社會賴以形成的種種環境，像手記的撰者那一類的人，不只是可能，而且甚至還必須存在於我們的社會中。我想要比平常更明顯地，把一個不久之前的人物展現在大眾面前，這也是存活至今的這個世代的代表之一。在這題名為〈地下室〉的部分裡，是這個人物介紹他自己和他的觀點，以及似乎想要解釋他之所以出現、也應該要出現在我們周遭的原因。下一篇中，就會出現有關這個人物一些生活事件的真正「手記」了。——作者原注（以下注釋除標示外，皆為譯注）

1

我這個人有病……①我是個滿懷憤恨的人。我是個不討喜的人。我認為我的肝在痛。不過，我根本不清楚我的毛病，也不確定知道我哪裡在痛。我不看病，也從來不去看，雖然我尊重醫學和醫生。況且，我還迷信到極點；好吧，就算如此，我還是尊重醫學。（我受過良好教育讓我不要迷信，但我仍迷信。）才不呢，我不想看病是由於氣憤。就這一點您大概不太想去理解。嘿，我可是理解的。我當然無法向你們解釋，我這氣憤

①這裡的刪節號搭配形容詞後置，給人一種因緊張而吞吞吐吐的感覺，反映出敘事者的性格形象。俄國文學評論家莫丘利斯基（K. Mochulsky, 1892-1948）甚至認為此時敘事者左右張望，彷彿看到有人（讀者）同情地微笑而覺得受辱，因此，接下來說的話和語氣越來越放肆。

到底是搞得誰不愉快。我非常清楚，我不去找醫生看病無論如何都不會「汙辱」醫生；我比任何人都清楚，我做這些事只會傷害自己，不會害到別人。然而，如果我還不看病，就是因為還在氣。肝痛的話，那就讓它更痛吧！

我已經這樣生活很久——有二十年了。現在我四十歲。我以前擔任公職，現在不做了。我是個滿懷憤恨的公務員。我粗魯無禮，而且樂在其中。賄賂我可是不收的，所以，至少因為這點我就該給自己獎賞一下。（差勁的俏皮話，但我不會把它刪掉。我把它寫下來，原以為會很俏皮；而現在就如我自己所看到的，我只不過是惡劣地炫耀一番——但我就是不刪掉！）每當我辦公桌前來了一些人，往往是申請文件的人——我就把牙齒磨得咯咯響來對付他們，一旦成功使某某人不快，我便會感到一股止不住的樂趣。幾乎都會成功。大多數的人都是膽小的，原因很清楚——他們是有所求的人。然而，那些自命不凡的人之中，有一位軍官我特別無法忍受。他怎麼都不想屈服，用軍刀弄出令人厭惡至極的聲響。我跟他曾經為了這把軍刀鬥上一年半。最後我贏了。他不再弄響軍刀。不過，這都是在我還年輕的時候發生的。但是，各位先生，你們知不知道我憤恨的重點何在？這整件事，最讓人嫌惡之處，就是我時常、甚至在最憤恨的那一刻，我羞愧地意識到自己，意識到我這個人不僅不壞，甚至也不凶，我只不過是無謂地嚇嚇麻雀，藉此自慰而已。我口沫橫飛，那就幫我隨便拿個什麼小玩偶來，給我一小杯加糖的茶水，這樣我大概就能夠平靜下來。我甚至還會心軟，雖然，之後我大概會對自己咬牙切齒，還會因為羞愧而苦於失眠好幾個月。我的性情就是如此。

我剛才說自己是個滿懷憤恨的公務員，這是撒謊。我是氣憤得撒謊。我只不過跟那些申請者和軍官鬧著玩罷了，其實，我根本就無法成為一個凶惡的人。我時常清楚意識到，我身上有非常多與此特質極為矛盾的東西。我感覺到這些矛盾的東西，它們就這麼在我體內群集騷動著。我知道，它們一輩子都在我體內群集騷動，要求從我身上跑出去，但是我不放它們走，不放它們走，故意不放出去。它們折磨我到滿面羞愧，把我搞到渾身痙攣——因此終於讓我厭煩，真是厭煩了！各位先生，你們是不是覺得，我現在是在你們面前懺悔，是在請求你們的原諒？……我確信你們會這麼覺得……不過，你們要相信，即使你們這麼覺得，我也都無所謂……

我不只不能成為凶惡的人，而且甚至什麼都不是：既不凶惡也不善良，既不下流也不正直，既非英雄也非昆蟲。至今我存活在自己的角落裡，聊以解嘲的，只有這憤恨且毫無用處的安慰——聰明人不可能真正變成什麼東西，會變成什麼東西的只有傻瓜。是呀，十九世紀的聰明人應該、且精神上也必須成為一種多半是無個性的生物；而有個性的人、行動家——這種生物多半見識有限。這是我四十年來所確信的。我現今四十歲，要知道四十個歲數——就是一輩子啦，要知道這就是老得透頂了。活超過四十歲就是不像樣、庸俗、不道德！有誰活過了四十歲——你們真心誠實地回答？我來告訴你們是誰：是傻瓜和無賴。我會當面對老先生講這些話，對所有這些受人敬重的老先生講，對所有這些銀髮灰白且散發芳香的老先生講！我會對全世界當面直說！我有權這麼說，因為我自己將會活到六十歲。會活到七十歲！會活到八十歲！……等一等！讓我喘口氣……

各位先生，或許你們認為我是想逗你們笑？這點你們也搞錯了。我完全不是如你們以為，或者如你們可能以為的那種滿心歡樂的人；不過，如果你們被這些鬼扯激怒（而我已經感覺到你們被激怒了），忽然想要問我：我到底是什麼樣的人？——那麼我就回答：我是一個八等文官①。我工作是為了要有點收入（僅只為了這點），去年，當我的一位遠親留給我六千盧布遺產，我就立刻退休，窩進我自己的角落裡。我以前也住過這個角落，而現在我又搬進這個角落。我的屋子又爛又髒，位處城市的邊緣。我的女僕——是個鄉下女人，年紀大，因為愚蠢而顯得凶惡，而且她身上總是有股難聞的氣味。人家告訴我，彼得堡的氣候對我有害，而且以我微不足道的財產要在彼得堡生活是非常不容易的。這我全都知道，比所有那些經驗豐富又睿智的建議者和喜歡點頭指點的人還清楚得多。但我還是留在彼得堡，我不離開彼得堡！我不離開是因為……欸！管我離不離開，這根本就沒什麼差別吧。

話又說回來，一個正派人士談到什麼會心滿意足呢？

答案是：談自己。

既然這樣，我就來談談自己吧。

①俄羅斯帝國從彼得大帝改革後文官分十四等，一等為最高。八等文官是十九世紀俄國文學作品中常見的人物形象，其中果戈里的小說〈鼻子〉對此有鮮明描寫。

2

我現在想要跟你們講，各位先生，不管你們想不想聽，為什麼我甚至連昆蟲都當不成。我鄭重告訴你們，我有好幾次想要變成昆蟲，但是連這我都承蒙不起呀。我對你們發誓，各位先生，過度的意識活動——就是疾病，是真正的、絕對的疾病。就人類的日常生活而言，能夠有普通人的意識就非常夠用了，也就是說，只需要我們不幸的十九世紀文明人所擁有的一半或四分之一就夠了，更何況，這人還倒楣透頂住在彼得堡，住在這個全地球上最遠離現實又做作的城市裡①。（城市有分做作的和不做作的。）要是有這種意識，比如說，所有所謂天真的人和行動家賴以維生的那種，就完全足夠了。我打賭，你們會認為，我寫這一切是出於炫耀，為了要開那些行動家的玩笑，而且還是風度很差的炫耀，就像我說的那位軍官把軍刀弄得叮咚響一樣。不過，各位先生，有誰會拿自己的疾病吹噓，還以此炫耀呢？

不過，我這是幹麼呢？——大家都是這麼做；都在吹噓各自的病態嘛，而我呢，大概比所有人更誇張。我們不用爭論；我的反駁是荒謬的。但是我始終堅信，不只太多的意識是病，甚至任何一個意識都是病。我堅持這點。我們暫且把這個放一邊。現在你們要告訴我的是：為什麼在我最能夠意識到我們這常說的「一切的美與崇高」②的所有奧妙的時刻，對，就在這最最關鍵的時刻，好像故意似的，我卻經常意識不到？反而是做出這種醜陋的行為，像是……好吧，簡單一句話，就是那種所有人大概都做的事情，但那種事發生在我身上的時候，好像故意似的，怎麼正巧是當我非常意識到那件事完全不該做的時候呢？我越是意識到善，以及這一切的「美與崇高」，我落入自身的泥淖就越深，而且在其中越陷越深。但主要的癥結在於，發生在我身上的這一切，好像並非偶

①彼得堡建於一七〇三年，是彼得大帝以強大個人意志命令人民從沿海沼澤地刻意創造出來的城市，整體的形制模仿當時西歐重要的城市規畫而成。

②「美與崇高」的概念，是從十八世紀的美學論文主題而來，如康德等哲學家的論文，在一八四〇至六〇年代，俄國對「純藝術」重新評價之後，這個用語多了諷刺的意味。——俄文版編注

然，而像是本來就應該如此。彷彿這是我最正常的狀態，絕非疾病或中邪，如此一來，最後我心裡想跟這個病邪相鬥的意願便消散了。結果是，我差點信了（也或許我真信了）——這大概就是我的正常狀態。而起先，最初的時候，我在這爭鬥中受了多少折磨呀！我不相信別人身上會發生這種事，因此我把這當成祕密藏在心裡一輩子。我覺得羞愧（甚至或許到現在還羞愧）；我明白我是感受到了某種神祕、不正常、有點下流的小歡樂，往往是在某個令人厭惡至極的彼得堡夜晚回到自己的角落時，強烈意識到今天又幹了卑鄙勾當，意識到做過的事再怎麼樣也挽回不了，因而內心暗地裡，為了這事咬著牙磨叨自己，不斷埋怨並折磨自己，直到苦楚最後變成了某種可恥又該死的甜蜜，最終——變成一種明確又重大的歡愉！對，變成歡愉，變成歡愉！我堅持是這樣。我因此要說，我不過是想大概打聽一下：其他人是否也有這種歡愉？我跟你們解釋一下：這裡所說的歡愉正是由於徹底清晰地意識到自己所受的侮辱；由於你自己確實感覺到，你已經到了最後的底限；還感覺到這是齷齪的，但也不可能會有別的了；感覺到你已經沒有出路，永遠不會變成另一種人；就算還有時間並也相信得以改變成其他什麼，你自己大概也不想改了；而是想，就這樣什麼也不做好了吧，因為事實上，或許什麼都無法改變。而重要的是，結果，這一切是肇因於強烈意識的正常基本原則，肇因於這些原則直接導致的惰性，所以，在這裡你不僅無法改變，實在是什麼都做不成。強烈意識導致的結果，比如說：對，就是下流胚子，如果他自己已經感到他的確是個下流胚子，對他這下流胚子來說彷彿還是個安慰。不過，說夠了……唉，我胡說八道一通，說明了什麼嗎？……這裡的歡愉解釋清楚了嗎？但我會解釋清楚的！我終會堅持到底！就是這樣我才拿起筆來的……

我，比如說，自大極了。我像駝子和侏儒一樣，多疑又愛見怪，但確實我也會有這種時候——如果碰到有人給我打一耳光，可能還會因此而高興。我說真的：或許，我是想在這裡找到一種獨特的歡愉感，當然，這是絕望的歡愉，但是在絕望中也會有最熱烈的歡愉，特別在你非常強烈意識到自己的處境毫無出路的時候。而在這被打了耳光的處境下——就是在這會冒出一股壓抑的意識，好像人家把你揉成了一坨油膏。重要的是，無論你怎麼想，結果終究是，我總是在所有人之中第一個出面認錯，最屈辱的是，我成了一個無辜認罪的人，如果可以這麼說的話，是因為自然規律的關係。因為，首先，我錯在我比周遭所有人都聰明。（我一直自認我比周遭所有人聰明，你們相不相信，有時候我甚至還覺得這讓我不好意思。至少，我這輩子不知怎麼都有點側著臉看人，從來不敢正視人家的眼睛。）最後，是因為我錯在，就算我心胸寬大，但由於意識到一切的寬大皆徒勞無益，而且只會帶給我更多痛苦。畢竟我，想必是由於心胸寬大而什麼也做不成：不去原諒，因為欺人者可能是按自然規律打我，而自然規律是無從原諒的；也不去遺忘，因為雖說是自然規律，到底也是屈辱。最終，假使我甚至想不那麼心胸寬大，反而想去報復欺人者的話，那我可能連任何人都報復不了，因為，就算我能做，或許也下不了決心去做點什麼。為何我下不了決心呢？關於這點我想要單獨來說兩句。

3

要知道，那些能為自己報復且完全能自衛的人——如果有這種情況又會怎樣呢？要知道，當復仇心籠罩他們，那麼這當下他們整個人除了這種感覺外什麼也不會有。這樣的先生就像一隻彎下犄角的發狂公牛，這麼朝著目標向前衝，除非有一堵牆才能讓他停下來。（順便一提：在這堵牆前面，這些先生，或者說這些天真的人和行動家，是會誠心屈服的。對他們來說，牆——並非拒絕，不是如同對我們這種光想卻不作為的人而言之意；也不是從路上折返的藉口，這藉口連我們這種人自己都常不相信，不過卻總是非常高興有這個藉口。不，他們是真心誠意地屈服認輸。這堵牆對他們來說，是某種安慰的、精神上允許的、終極的，或許甚至是某種神祕的東西……不過，稍後再來談這堵牆。）好吧，我就把這種天真的人當作是真正的正常人，大自然這溫柔的母親關愛地將他生到這塊土地上，便是想親自見到他那副模樣。我對這種人忌妒到滿腔怒火的地步。

他愚蠢，這點我不跟你們爭論，但或許，正常人就該是愚蠢的，你們怎麼知道呢？或許，這甚至還是非常好的事情。而我更是深信這點，就是深信所謂的懷疑，假設，比如拿一個正常人的對照面來說，就是指，一個有強烈意識的人，這當然不是出於大自然的孕育，而是出於蒸餾試管（這已經幾近神祕主義了，各位先生，我對此也抱有懷疑），那麼這個試管人有時候面對自己的對照認輸之前，他會盡一己的強烈意識，認分地把自己當成一隻老鼠，而不是人。就算這是一隻有強烈意識的老鼠，但終究是老鼠，而這裡對照的是人，因此……諸如此類的。重要的是，他自己，是他自己把自己當作老鼠，並沒有人要求他如此，這才是重點所在。我們現在就來看看這隻老鼠在做什麼。假設，比如牠也是受辱的（牠幾乎總是受辱的），也想要報復。牠心中累積的怨恨，可能比「自然且真實之人」[1]還要多。以同樣的惡來報復欺人者，牠心中的這個卑鄙下流的小願望，或許比「自然且真實之人」的心中更加卑鄙地轟轟作響，因為「自然且真實之人」，以其天性愚蠢，會認為自己的復仇只不過是伸張正義；而老鼠，由於強烈意識作祟卻否定此處有正義。事情發展到最後，到了報復行動的時候。不幸的老鼠除了最初那次的骯髒汙穢外，又成功利用種種問題和懷疑，在自身周圍搞出許多其他的骯髒汙穢；牠用一堆未解的問題加到原來的問題上，在牠周遭不自主地匯聚了某種致命的渾水、某種汙臭的爛泥，裡面除了牠的疑惑和憂慮，最後還有天真的行動家們吐到牠身上的口水，這些人以法官和獨裁者之姿厲色地環伺在側，用宏亮的嗓音對牠放聲哈哈大笑。毫無疑問，對這一切牠只能揮一揮自己的手，帶著連牠自己都不信的假裝蔑視的微笑，羞愧地溜進自己的小孔洞裡去。那裡，在自己又髒又臭的地下室裡，我們這受辱的、被狠揍一頓的、被嘲笑的老鼠，立刻陷入到冷漠、惡毒、而且主要是永無止境的怨恨之中。接連四十年，牠都會記起自己的屈辱，連最末節最可恥的細節都不放過，同時，每一回自己還添上更恥辱的細節，用獨有的幻想來惡意地嘲弄、激怒自己。牠將會為自己的幻想感到羞愧，但牠終究會記起一切，會一個個回想起來，並為自己想像出一些無中生有之事，藉口這也可能會發生，因而什麼都不原諒。看來，報復即將展開，但卻是隨便偶爾地、零散地、從壁爐後鬼祟地、隱匿身分地進行，牠不相信自己有權利去報復，也不信自己的報復會

①原文用法文：「l'homme de la nature et de la vérité」，諷指法國作家盧梭（Jean-Jacques Rousseau, 1712-1778），這也是盧梭在《懺悔錄》中所自稱；但這句法文是杜斯妥也夫斯基簡化過的描述，他在一八六三年的《夏日印象冬日記》中即提到這個說法，大概是看過海涅對盧梭的批評有感。——俄文版編注

成功，牠事先早知道，用盡一切嘗試去報復，自己所受的磨難將更勝於被報復者百倍，而對方，大概不痛也不癢。在臨終前牠將會再次記起一切，並加上這整個期間連本帶利的感受……但正是在這種冷漠、令人厭惡至極的半絕望半相信的狀態中，在這種出於悲傷而有意識的自我活埋中，埋在地下室四十年，在這種強行塑造卻始終有些疑惑的所處絕境中，在這一切內心欲求不滿的毒害中，在這一切搖擺於恆定不變和忽而反悔的狂熱病中——我剛剛說過的那種奇特歡愉的汁液就藏在這裡。這歡愉如此幽微，有時不讓意識感受到，因此無論是見識有限的人，或甚至是精神健全的人也好，都幾乎不會理解其中微妙。「或許，還有一種人也不理解，」——你們自顧自咧嘴大笑補一句：「就是從來沒有挨過耳光的人。」這麼看來，你們是在禮貌地暗示我，說我這輩子可能也挨過耳光吧，因此我才會講得頭頭是道。我打賭，你們是這麼想。不過放心吧，各位先生，我不曾挨過耳光，不過我根本就不在乎，管你們有沒有這麼想。我或許還有點遺憾，自己這輩子很少賞人家耳光。但是夠了，關於這個你們極感興趣的話題，不再多說了。

我要繼續平靜地談一談精神健全的人，這種人不理解歡愉的某種微妙之處。這些先生在另一種處境時，比如說，雖然他們也會像公牛似的放聲狂嚎，我們假設，這雖然會為他們帶來至高的榮耀，不過，如同我已經說過的，每當面臨不可能性，他們立刻就會妥協。不可能性——意味著石牆嗎？什麼樣的石牆？嘿，不用說，是自然規律，是自然科學所得出的結論，是數學。會有人向你證明，比如說，你是起源於猴子①，那你也沒什麼好皺眉頭的，就當真接受吧。又有人向你證明，其實，你自己身上的一小滴油會比十萬個你這類的人更珍貴，因此，一切所謂的美德、義務，以及其他的奇想和偏見，都將獲得最終的解決，就這麼接受吧，不能怎麼辦，因為二乘二——是數學。你們試著反駁看看呀。

「拜託，」他們將對你們大喊，「沒法反對：因為二二就是得四呀！大自然不會向你們請示；它無關乎你們的意願，也無關乎你們喜不喜歡。你們必須接受它原本的樣子，以及它所有的結果。牆的意思，就是牆……如此等等。」天主上帝啊，當我因為某種原因不喜歡自然規律和二二得四的時候，這些規律和算術又干我什麼事呢？毫無疑問，我不會用腦門去衝撞這樣的牆，假如實際上無力衝撞的話，但我也不會只因為我面

①這裡反映了作者對「人類起源」議題的關注。一八六四年，俄國出版了達爾文的《物種起源》及達爾文的擁護者湯瑪斯・赫胥黎的《人類在自然界地位之證據》之俄譯本，引起社會熱烈爭論。——俄文版編注

對石牆時力氣不夠而跟它妥協。

這樣的石牆好像確實讓人安心，其中也確實就有求和的語言，僅只因為，它是二二得四。啊，真是荒謬無比！要是全都了解並意識到所有的不可能和石牆，那才好呢！如果這讓你們厭惡去妥協，那就別跟任何這些不可能和石牆妥協；以最必然的邏輯方式，求得對永恆主題最糟糕的結論，就是甚至在石牆中也彷彿自己哪裡有錯，儘管再清楚不過，你完全沒錯，因為這點，你沉默且無力地咬牙切齒，沉浸在淫欲遐想的發呆中，想像著，即便要生氣，看來你都找不到對象；對象不存在，而或許，以後永遠也找不到，這裡有偷換牌、洗牌動手腳、賭牌耍老千，這裡只有一灘渾水——不清楚是什麼，不清楚是誰，但是，儘管這些不清不楚和洗牌做手腳，你們終究會痛苦，而且你們越是不清楚，就越是痛苦！

4

「哈哈哈！那您以後連在牙痛中也找得到歡愉呀！」你們將會笑著大喊。

「那又怎樣？牙痛中也是有歡愉的，」我回答。「我曾經牙痛了一整個月；我知道，是有的。這時候當然它們不是靜靜地發怒，而是呻吟著；不過，這呻吟並不爽快，這呻吟是帶著惡毒，而所有的名堂就在這惡毒之中。就在這呻吟裡，也顯示出受苦者的歡愉；要是在其中沒有感受到歡愉——那他就不會呻吟了。這是個好例子，各位先生，我會對這點解釋清楚。在這呻吟裡顯示出，首先，對我們的意識而言，你們的疼痛全是有辱尊嚴的盲目行為；對於大自然的一切規律性，你們無疑會吐吐口水，但你們終究又會因為這規律性而受苦，而它可不會。你們有意識到，敵人不在你們那邊，痛苦卻在；你們有意識到，無論有多少位瓦根漢醫師①與你們同在，你們還是完全被牙齒奴役；有人想醫的話，你們的牙齒便會停止疼痛，不想醫的話，這樣它們就會再痛上三個月；還有最後，如果你們仍是不同意，且始終反對，那麼你們能自我安慰的，就只有鞭打自己，或者更猛烈地揮拳狠打你們的牆，也毫無其他辦法了。這不是嗎，就是從這些個流血的屈辱中，就是從這些個不知哪來的嘲笑中，歡愉終於開始，這份歡愉有時候會達到極致的淫欲滿足。我請求你們，各位先生，找個時間去仔細聽聽一個十九世紀有教養的人苦於牙痛時的呻吟，大概在病痛的第二或第三天，他已經不像第一天那樣呻吟了，也就是說，不單只因為牙痛；不是像哪個粗魯的農夫那樣，而是像個深受文化薰陶和歐洲文明感動的人那樣呻吟，如同時下所說的，像個『離棄了土地和人民根本』②的人。他的呻吟變得有點齷齪、卑劣又滿懷惡意，且整日整夜持續下去。他自己知道，呻吟不會帶給他什麼好處，因為他比所有人都清楚，他只是無謂地弄傷、刺痛自己和其他人罷了；他知道，甚至連傾聽他努力呻吟的大眾以及他的整個家庭，都已經聽得厭惡至極，絲毫不相信他，私底下卻理解，他是可以不用這樣的，可以更簡單地呻吟，不耍花腔，也不矯揉造作，而他不過只是出於憤恨、出於惡毒在玩弄人。嘿，就是在所有這些意識和屈辱裡，包含著淫欲。『聽說，我打擾到你們，傷你們的心，我不讓全家人睡覺。那麼這下你們就別睡覺，你們每分每刻去感覺一下我的牙在發疼。對你們來說，眼前的我已不是從前我想要成為的那個英雄，而只是個卑鄙小人，一個混混。那就這樣吧！我很高興你們把我認清了。聽著我有點下流的呻吟你們覺得很厭惡嗎？那就這麼讓人厭惡吧；這下我馬上要對你們耍出更令人厭惡的花腔……』你們到現在還不明白嗎，各位先生？不，看來，還得要深入教化和貫徹認知，才能了解這種淫欲的一切奧妙轉折！你們在笑嗎？我可是非常高興。我的笑話，各位先生，當然風度不佳，亂七八糟又自相矛盾，連我自己都不太相信。但畢竟這是因為我自己不尊重自己。難道一個有意識的人真能夠尊重點自己嗎？」

①一八六〇年代的彼得堡，據統計市內有八位姓氏為瓦根漢的牙醫，掛此姓氏的診所招牌想必經常可見。——俄文版編注

②這句話是作者常用的，常見於他自己的評論文章中，用來批判西方派陣營。

5

一個甚至在自身屈辱的感覺中都企圖求得歡愉的人，難道他能夠，難道能夠，哪怕是多少尊重自己一些嗎？我現在不是出於什麼客套的懊悔才這麼說。而是我現在根本沒法說：「對不起，老爸，我以後不敢了。」——不是因為我不能這麼說，而是相反，或許正因為實在太能這麼說，還能怎樣呢？往往在我自己毫無過錯的時候，好像是故意要我遭遇這種事。這真是最卑鄙不過了。在這種情況下，我內心又因此深受感動，懊悔，流淚，當然還會哄騙自己，儘管完全不是假裝的。就這時候心靈好像變得險惡了些……就這時候甚至連自然規律都無從責怪，儘管自然規律始終持續羞辱我，且變本加厲羞辱我一輩子。想到這一切就覺得卑鄙，還有那個時候也覺得卑鄙。畢竟過幾分鐘後我就會心懷怨恨地想像，這一切往往是謊言，謊言，令人厭惡又虛假的謊言，也就是說，這一切懊悔、一切感動、一切自新的誓言都是謊言。而你們會問：我這樣摧殘又折磨自己是為了什麼？答案是：因為無所事事真是太無聊，這才去做點古怪的行徑。真的是這樣。你們好好注意一下自己，各位先生，到時候你們會明白就是這樣。我給自己想像了冒險，編造了生活，就為了隨隨便便混日子罷了。我曾遇過多少次——嘿，比如說受侮辱吧，沒來由的、故意的那種；因為你自己也知道，有時候會沒來由地感到屈辱，做做樣子而已，不過自己搞到最後，確實，你還真的會感到屈辱。我不知怎麼一輩子都想要搞出這種名堂，就這樣我到最後變得無法控制自己。還有另一次，我硬要戀愛，甚至有過兩次。我可吃了苦頭，各位先生，我向你們保證。心靈深處並不相信你是在受苦，還會冒出嘲笑來，而我到底是在受苦，並且是真真實實地受苦；我忌妒，我無法自持……一切都是因為苦悶，各位先生，一切都是因為苦悶；惰性壓迫。因為意識所導致的必然、合理且直接的後果——是惰性，也就是說，是有意識的無所事事。我已經在前面提到過這點。我重複一次，努力地再說一次：所有天真的人和行動家之所以活力充沛，是因為他們魯鈍而且見識有限。這怎麼說呢？這就是說：由於自己見識有限，他們誤把最近的和次要的理由當成了首要理由，如此一來，他們比其他人更快又更容易確信，他們為自己的事業找到了不容置疑的原則，也就感到安心，這才是主要的。因為要開始行動，需要事先就完全放心，並且不要存有任何的疑慮。而像我呢，比如說，我讓自己放心嗎？我所倚賴的首要理由在哪？原則在哪？我要從哪裡得到它們？我思索估量著，結果，我的任一個首要理由立刻引出另一個，一個比一個更顯得重要，如此沒完沒了下去。每一個意識與思考的本質正是這樣。所以，這又回到自然規律了。最後結果到底如何？都一個樣。你們回想一下：我不久前才說過的報復。（你們大概是沒能領悟。）已經說過的：人要報復，是因為其中有正義。意味著，他發現了首要理由，發現了原則，這就是正義。因此，他在各方面都放心，所以，他安心順利地去復仇，確信他是在做一件誠實公正的事情。而我在這裡可沒看到正義，也沒看到什麼美德，所以，如果我要去報復，那只不過是出於怨恨而已。怨恨，當然是可以壓制一切，壓制我一切的懷疑，所以，怨恨能夠取代首要理由而完全順利作用，正因為它不是個理由。但是，假如我連怨恨都沒有（我不久前才從這點說起的），又該怎麼辦呢。我的怨恨再度由於這些該死的意識規則，遭到化學分解。你看——對象揮發掉，理由蒸發掉，罪人沒找到，侮辱變得不是侮辱，而是命，有點像是牙痛的情形，其中沒人有錯，因此，又只剩下同樣的出路——也就是拚命打牆打得更猛一點。你大可撒手不管，因為你沒找到首要理由。或者去試試看盲目沉迷於自己的感覺中，沒有理性思考，沒有首要理由，至少在這時拋開意識；你去恨或去愛都好，只是不要無所事事就好。後天，這就是最後的期限，你將會看不起自己，因為你明知道是在哄騙自己。結果只有：肥皂泡泡和惰性。噢，各位先生，我呀，自認是聰明人唯一可能的原因，就是我一輩子什麼也開創不了，什麼也成就不了。就當我多嘴，當我是個無害又討人厭的多嘴的人，像我們所有人一樣。不過，如果每個聰明人真正唯一的任務就是多嘴，也就是故意空談閒扯淡，又能怎麼辦呢？

6

噢，要是我只因懶惰而無所事事就好了。主啊，那麼我好像就會尊重自己了。會尊重正因為，至少我還能夠在身上擁有懶惰，至少我身上還有一個彷彿是我所信任的正面特質。若問：這是個什麼樣的人？答案是：懶人；聽到自己被人家這麼說可真是愉快極了。意味著，我被正面評價了，也表示，關於我是有什麼可說的。「懶人！」——這可是個頭銜、使命，這可是個職業呀。你們別說笑，這就是如此。那我就有資格成為俱樂部的頂級頭等會員，並且要做的只有不斷地尊重自己。我認識一位先生，他一輩子以自己對拉菲紅酒①很內行而感到驕傲。他認為這是他的優點，且永遠沒懷疑過自己。他死得不僅心安理得，而且心懷得意，他全然正確。那麼我便想給自己選個職業：我就當懶人和貪吃鬼，但不是普通的那種，而是比如說，對一切的美與崇高能夠感同身受的那種。這個你們喜歡嗎？我幻想這個很久了。在我四十歲的時候，這「美與崇高」如此強烈地壓迫我的後腦勺；不過這是在我四十歲的時候，然後呢——噢，然後可能就不一樣了！我真想立刻給自己找個合適的工作——就是：為了一切的美與崇高的安康喝一杯。我真想抓住任何一個機會，先將眼淚斟入自己的酒杯中，然後以一切的美與崇高之名喝乾它。我真想把世上的一切變成美與崇高，真想在最卑鄙的、無庸置疑的廢物中找到美與崇高。我真想弄得淚流滿面，像塊溼潤的海綿。有一位藝術家，比如說，畫了蓋伊的一幅畫②，我立刻會因此為這位藝術家的健康喝一杯，因為我愛一切的美與崇高。有一位作家寫了〈隨便誰想怎樣〉③一文；我立刻會為「隨便誰」的健康喝一杯，因為

---

①法國波爾多的拉菲酒莊（Lafite-Rothschild）所生產的紅葡萄酒。

②指俄國畫家蓋伊（Nikolai N. Ge, 1831-1894）於一八六三年展出的爭議畫作《最後的晚餐》，杜斯妥也夫斯基曾批評此畫虛偽；作者也在此借題發揮，譏諷曾給予此畫好評的同時代作家薩爾蒂科夫－謝德林。——俄文版編注

③指作家薩爾蒂科夫－謝德林（Mikhail Saltykov-Shchedrin, 1826-1889）於一八六三年發表於《現代人》雜誌的文章。——俄文版編注

我愛一切的「美與崇高」。對此，我要人家尊敬我，我會讓那些不尊重我的人不得安寧。我平靜地生活，激昂地死去——這才美妙呢，美妙透頂！到時候最好把我的肚子變得這麼大，最好堆出這樣的三層下巴，最好給自己造出這種醉鬼的紅鼻子，讓每一個相遇的人望著我說：「這樣才正面！這樣才是真正的正派特質！」就隨便你們怎麼想了，在我們這否定的時代①裡，聽到這些評價真是愉快極了，各位先生。

①指當時俄國社會盛行的虛無主義風氣，在一八六二年屠格涅夫出版《父與子》後，大大凸顯了這個問題，小說中的主角虛無主義分子巴扎羅夫曾說：「現在這時代，最有利的就是否定——所以我們否定。……否定一切。」（《父與子》第十章）

7

不過，這一切都是金色幻夢。噢，你們說說，是誰第一個聲明這點，誰第一個宣稱，說人不知道自己真正的利益才去幹卑劣勾當；如果去啟發開導他，讓他的眼睛能看到他真正的、正常的利益，那麼他就會立刻停止卑劣勾當，會立刻變得善良高尚，因為被啟發的人，了解到真正對自己的有利之處，就是在善良中看到一己私利，而眾所周知，沒人會明知道有違一己私利而行事，因此，這麼說來，他必定會開始行善？噢，幼稚小兒，噢，純潔無瑕的小孩子！先說，在過去這幾千年來，到底是什麼時候讓人只因一己私利而行事？那上百萬個事實怎麼說呢，這些事實見證了人們**明明知道**，就是說完全了解自己的真正利益何在，卻把它們擱在備案，而衝向另一條道路，去冒險，希望碰碰運氣，他們沒被任何人或任何東西強迫這麼做，似乎就是不想要一條指明的路子，而是要固執地、任性地打通另一條幾乎在黑暗中摸索出的艱苦荒唐路。因為這表示，這種固執和任性對他們來說的確比任何利益還愉快……利益呀！利益是什麼？你們有沒有給自己徹底精準地定義過，人類的利益究竟是什麼？假設發生這樣的情況：人類的利益**有時候**不只可能，甚至應該就是，為了在某種情況下希望自己遭殃，而非得利？假如這樣，假如只可能有這種情況，那麼一切規則便灰飛煙滅。你們怎麼想，有這種情況嗎？你們在笑；笑吧，各位先生，只不過要回答一下：人類的利益是否都算計得徹底準確？難道沒有這種不只沒歸類過，而且還無法歸類的利益嗎？因為你們，各位先生，就我所知，你們一整串人類利益的清單，都是取自於統計數字和經濟學公式的平均數值。因為你們的利益——就是幸福、財富、自由、安定，就是諸如此類等等的東西；如此一來，要是有人，比如說，他明知就裡卻公然反對這份清單，那麼在你們看來，對，當然也是我的看法，他就是個蒙昧主義者①或完全是個瘋子，是這樣嗎？但教人驚訝的地方不就在這：為什麼會有這種情況——所有這些統計學家、聰明人和人類愛好者，在計算人類利益的時候，一直都漏算一種利益呢？甚至在應該要考慮到它的情況下而忽略它，這點卻是全部盤算的成敗所在。要是把這種利益拿來列入清單的話，還不至於太糟糕。不過就是這裡會有麻煩，這個古怪費解的利益沒被歸到任何一種類別中，沒能放得進任何一份清單裡。比如說，我有個朋友……欸，各位先生！他也是你們的朋友啊；那誰，誰又不是他的朋友呢！這位先生才正準備要做，便立刻要向你們說明，能言善道又清楚地說明，好像他就是得按理智和真理的規則行事。況且：他會語帶憂慮和激情對你們說真正的、正常的人類利益，會語帶嘲笑責備短視的傻瓜們，笑那些傻瓜既不了解自身的利益，也不了解美德的真義；才沒過多久，沒有任何出人意料、不相干的藉口，就只藉由這種大過他一切利益的內在因素——他將會完全搞出另外一個荒唐舉動，也就是說，他會公然反對他自己所說過的事情：既反對理性規範，也反對一己私利，欸，簡單說就是，反對一切……我聲明在先，我的這位朋友——是個集體的形象，因此要只怪他一個人似乎也難。這就是啦，各位先生，是否真的存在著某個東西，它幾乎對任何人來說，都遠遠勝於他的最大利益，或者（就為了不破壞邏輯）是有這麼一個最有利的利益（正是剛談到被漏掉的那個），這個利益比一切其他利益更重要、更有利，人對於這個利益，如果有需要的話，將會挺身反對一切規範，也就是說反對理性、榮譽、安定、幸福——簡單說，是反對一切這些美好有益的事物，僅只是要得到這首要且最有利的利益，這利益對他來

①蒙昧主義者（obscurans），反對啟蒙、科學、進步思想的人，反動分子；政治上蒙昧主義或稱愚民政策。

說比一切都珍貴。

「得了，這不都是利益嘛，」你們打斷我說。對不起啊，我們還要再說明白點，問題不在於雙關語上，而在於這利益之所以優越正是因為——它打破我們一切分類，並持續粉碎由人類愛好者為了人類福祉所架構的一切體系。簡單說，它搞混了一切。不過，在我告訴你們這個利益之前，我想講講自己的壞話，因此我放肆地宣稱，所有這些美好的體系，所有這些闡明的理論，說明什麼對人類是真正正常的利益，是為了要讓人類必須努力獲得這些利益，才能立刻變得善良又高尚——就我一時看來，這是一種邏輯演算！對啊，一種邏輯演算！因為要確立這種借助人類私利體系而革新全人類的理論，這在我看來，不就幾乎等同於……好吧，至少確定一下，比如，依循巴克爾[1]的說法，人類因文明發展而漸趨溫和，因此，變得較不嗜血，較不好戰。從邏輯看來，似乎他能這麼得出結論。但是，人過於偏袒這個體系和抽象結論，以至刻意曲解真相，打算視而不見，聽而不聞，只為了要證明自己的邏輯正確。我舉這個例子，是因為這個例子再鮮明不過了。你們就看看周圍吧：血流成河，還流淌得如此歡樂至極，彷彿香檳酒。你們看看，這就是包括巴克爾也生活在其中的我們這整個十九世紀。你們看看拿破崙——有偉大的，有現在的[2]。你們看看北美——這個久遠的聯盟[3]。你們看看，最後就是諷刺漫畫似的什列斯威－霍爾斯坦④……文明把我們什麼東西變得溫和了？文明只培養出我們內心感受的多樣性……絕對沒更多什麼了。而人透過這種多樣性的發展，也許還會搞到在流血中找到歡愉的地步。畢竟這的確常發生在人身上。你們有沒有發現，最嗜殺成性的人幾乎個個都是最文明的先生，有時候那些各色各樣的阿提拉們或斯堅卡．拉辛們⑤還遠不如他們，如果他們不像阿提拉和斯堅卡．拉辛那麼鮮明醒目，就是因

---

①巴克爾（Henry Thomas Buckle, 1821-1862），英國歷史學家，著有《英國文明史》。

②偉大的指拿破崙一世（1769-1821），現在的指拿破崙三世（1808-1873），兩位法國皇帝皆以好戰聞名。

③這裡諷刺美國在一八六一至一八六五年發生的南北戰爭。

④什列斯威－霍爾斯坦（Schleswig-Holstein），在歷史上一直是個處境複雜的地方，現屬於德國的一個邦，北鄰丹麥；十九世紀，德國和丹麥的民族主義分子均稱它屬於自己的國家，兩國之間為了爭奪此地主權，爆發了兩次戰爭，第二次在一八六四年初，即杜斯妥也夫斯基在創作《地下室手記》的同時。

⑤阿提拉（Attila, 406?-453），匈奴領袖，曾發兵至羅馬帝國；斯堅卡．拉辛即斯捷潘．拉辛（Stepan Razin, 1630?-1671），頓河哥薩克，於一六六七至一六七一年領導俄國農民起義。——俄文版編注

為他們太常見，太平凡又太熟悉了。人的凶殘嗜血，如果沒有因為文明變本加厲，那麼至少手段上大概也會比從前更壞更賤。從前他在殺戮中看到公正，心安理得殺死某某該殺的人；現今我們儘管認為殺戮是卑鄙勾當，卻仍常常犯下這種惡行，還比從前更嚴重。什麼樣才是更壞的呢？——你們自有評斷。聽說，克麗奧帕特拉①（抱歉舉了個羅馬歷史的例子）愛用金針扎自己女奴的胸部，然後在她們的嚎叫和抽搐中尋求歡愉快感。你們會說這是相對野蠻的時代；會說現在也是野蠻時代，因為（也是相對來說）現在也有人被針扎；會說相較於野蠻時代，現在的人儘管學會了偶爾看得更清楚些，不過仍遠遠沒有**學會**要照理性與科學的指引行事。然而你們終究會徹底相信，當某些陳舊陋習完全消失之後，當健全理智與科學把人的天性完全改造、並正常開導之後，他立刻就會學會。你們相信，到時候人自己會停止**自願**犯錯，這就是說，不得已想要將自己的意志與正常利益視為一體。況且：到時候，你們還會說，科學本身會教導人（儘管在我看來這真是奢求），因為在人身上，不管是意志還是任性意念，事實上都不存在，而且從來沒存在過，而人本身不過只是像某種鋼琴的琴鍵或風琴滾軸的榫釘②而已；此外，世界上還有一些自然規律；這樣，不管他做什麼，都完全不是按照他所想的進行，而是自動跟著自然規律走。因此，只要發現這些自然規律，人便不用為自己的行為負責，以後才會活得十分輕鬆。所有的人類行為，到時候就會依照這些規律以數學方式自動計算出來，像對數表那樣算到一〇八〇〇〇，並編入曆書之中；或者更好的是，將出現一些思想內容無虞的出版品，類似現在的百科辭典，裡面的一切都是那樣精準估算過和說明清楚的，除此之外的，世界上就再也沒有其他行為或冒險了。

到那時候呢——這都是你們說的——會出現新型態的經濟關係，是完全現成的，而且以數學方式精算過的，這樣的話，所有可能的問題將在一瞬間消失，只因所有可能的答案都能得出。那時候將會建立起一座水晶宮③。那時候……嘿，簡單說就是，那時

①指克麗奧帕特拉七世（Cleopatra VII, 69BC-30BC），埃及托勒密王朝的末代女王。

②此與法國思想家狄德羅（Denis Diderot, 1713-1784）的《達朗貝與狄德羅的談話》中的這段話有關：「我們是樂器，天生賦予感受能力與記憶。我們的感官是琴鍵，被我們周身的大自然彈奏，也經常自行彈奏。」

③水晶宮，暗諷車爾尼雪夫斯基的小說《怎麼辦？》（1863）的「薇拉的第四個夢」，其中描寫一座鑄鐵水晶宮，供社會主義的理想社會人民居住。作家本人曾遊倫敦，看過一八五一年世界博覽會的水晶宮——工業革命地標。作家不只一次在自己作品中提到水晶宮，它的形象是象徵自滿的資本主義繁榮與道德淪喪。

候可汗鳥①將會飛來。當然，怎樣都無法保證（這我已經說過的），到那時候，比如說，將不會無聊極了（因為還能怎麼辦呢，當所有事情都按表估算分配好的話），不過一切又都極為明智。當然，出於無聊還有什麼想不出來的呢！因為用金針扎人也是出於無聊，但這都不算什麼。齷齪的地方（這又是我說的），大概是，恐怕到時候大家會以扎金針為樂。因為人是愚蠢的，異常愚蠢。就是說，人就算完全不蠢，卻也是不知感恩，找不到有誰比人還不知感恩的了。因為我一點也不驚訝，比如說，要是未來普遍大眾皆明智，其中突然平白出了個什麼紳士，是那種表情不太高尚，或更貼切地說，一臉守舊且帶嘲笑之意，他兩手插腰告訴我們所有人：怎麼樣，各位先生，我們要不要就一腳踢開這所有的明智，只為一個目的，讓全部這些對數見鬼去，也讓我們可以重新照自己的愚蠢意志過活！這還不算什麼，不過可恥的是，就一定會出現追隨者：人天生就是這樣。而這一切都出自最沒有根據的原因，關於這個原因似乎連提都不值得提：正因為人，時時處處，無論是誰，都喜歡想幹什麼就幹什麼，而完全不喜歡被理智和利益指使；所想的可能違背一己私利，但有時候**正該**如此（這確實是我的想法）。自身的、自主的、自由的欲望，自身的、哪怕是最狂野的任性，自己的、有時候甚至簡直被激到發狂的幻想——這一切不正是那個被錯過、最有利的利益，不能歸屬於任何一種類別下，也讓所有體系與理論都因而潰散無蹤。所有這些聰明人是怎麼得知，人需要某種正常、某種品德高尚的欲望？他們是怎麼一定以為，人一定需要明智而有利的欲望？人需要的——只有一個**獨立的**欲望，不管這個獨立性代價如何，也不管它會導致什麼。嘿，鬼才知道欲望是什麼東西……

①俄國民間傳說中這種鳥會帶給人幸福。——俄文版編注

8

「哈哈哈！因為欲望這東西，其實，就算你們想要，也沒有！」你們哈哈笑著打斷我說話。「科學到如今已經可以好好剖析人，現在我們確實都清楚，欲望和所謂的自由意志不是什麼別的東西，而正是……」

「等一下，各位先生，我自己也是想這麼開始說的。我承認，我甚至嚇了一跳。我才想要大喊說，鬼才知道欲望靠的是什麼，是個什麼，大概要感謝上帝，我想起了科學，就……打住不說了。而你們馬上講了起來。確實是，嘿，如果哪天有人真的找到我們一切欲望和任性的公式，也就是說它們是靠著什麼，照著什麼規律而產生的，如何散布開的，它們在如此這般的情況下要往何處去，以及其餘等等，也就是說，將找到真正的數學公式——如此一來，到時候人大概會立即停止欲望，更可能，大概不再會有欲望。欸，幹麼要按照表格公式去發想欲望呢？更別說：他立即會從人變成風琴的榫釘或類似的東西；因為，這種沒願望、沒意志又沒欲望的人，怎麼會不像風琴滾軸上的小榫釘呢？你們是怎麼想？我們來盤算一下可能性——看看這會不會發生呢？」

「嗯……」你們解釋，「由於我們看待利益的方式錯誤，使得我們的欲望大部分都是錯誤的。我們因而有時候想聽一派胡言，在這個胡言亂語中，依我們的蠢見，會看見一條通往達成預料中利益的最便捷的路。嘿，當這一切都解釋清楚且盤算分配在紙張上時（非常可能，因為事先想定有些自然規律是人從來不知道的，真是惡劣又無意義），到那時候，毫無疑問，不會有所謂的願望。要知道如果欲望哪天徹底與理性暗中妥協，這樣的話我們到時候就只會理性推論，而不會讓欲望發想，正是因為本來就不可能，比如說，在保留理性的同時又**想要**無意義的東西，這樣明知有違理性而想讓自己遭殃……因為一切的欲望和理性推論都可能確實算出來，因為哪天我們所謂的自由意志的規律會被人家發現，那因此，可不是開玩笑，某種類似表格的東西可能會建立起來，這樣一來我們就確實能按照這表格去發想欲望。那假設哪天有人盤算並證明給我看，如果我對那人比出輕蔑的手勢①，這正因為我不能不這麼做，而且一定得比出這樣的手指給他看，這樣的話，那麼我身上還會有什麼**自由**呢，尤其我還是學者或在哪裡完成過學術課程的話？因為到時候我就能計算出我這輩子往後三十年的情況；簡單說，一旦這東西建立起來，我們不就沒什麼事可做了；無論怎樣都得接受。總之我們應該不厭其煩地對自己反覆說，在那樣的時空環境下，大自然必定不會要求我們解答；反覆說必須接受它本來的樣子，而不是我們幻想的樣子，如果我們真要追求表格和曆書，甚至還……哪怕連蒸餾試管也要，那又能怎麼辦，必須連蒸餾試管也要接受！不然的話，沒有你們它也一樣會被接受的……」

「是啊，不過這就是我的障礙！各位先生，你們要原諒我高談闊論了起來；畢竟在這個地下室四十年了啊！請容許我幻想一下。你們可知道：各位先生，理性是好東西，這不用爭論，但是理性就只是理性，只滿足人的理性能力，而欲望是全部生活的表現，也就是說，是全部人生的表現，既包含理性，也包含各種超乎想像的東西。而儘管我們的生活在這個表現中時常成了個廢物，不過終究是生活，而不只是一個計算出的平方根。因為我，比如說，十分自然地想要生活，是為了滿足我一切的生活能力，而不是只為了滿足我一份理性能力，也就是說，後者是我一切生活能力的二十分之一而已。理性知道什麼？理性只知道已經清楚得知的東西（別的東西，大概永遠不會知道；即便這不是安慰，但為何連這點都沒說出來？），而人的天賦性格卻是整體而全面地活動，其中並存著有意識與無意識，就算在欺騙也是生活著。各位先生，我懷疑你們心存可憐地看待我；你們對我反覆說，一個有教養的文明人，簡單說，如同一個未來的人那樣，不可能明知什麼對自己不利卻還想要，這是數學。我完全同意，確實是數學。但我要再跟你們說一百次，只有一種情況，只有一種，會使人可能故意、有意識地想要給自己有害、愚蠢，甚至最愚蠢的東西，這正是：為了**有權利**讓自己能欲求哪怕是最愚蠢的東西，也不願受限於義務只求一個聰明的東西。因為這是極愚蠢，因為這是自己的任性，也確實，各位先生，對我們這種人來說這可能比世上一切都更有利，在某些情況下尤其是。而其中，或許比一切利益更有利的甚至也在這種情況裡，即使它會帶給我們明顯的損害，且與我們理性考量利益的最合理結果是相互矛盾——但因為至少會留給我們最主要、最珍貴的東西，也就是我們的個性與我們的個體性。有些人就這麼肯定，對人來說這也確實珍貴無比；欲望，如果想要的話，當然可能與理性相合，尤其是它若沒被濫用而是適度運用的話；這是有益，甚至有時候還值得稱讚。但是，欲望很常，甚至大多是徹底固執地與理性相互矛盾，連……連這……你們知不知道，連這也是有益的，甚至有時候還

①指握拳將拇指伸出於食指與中指之間。

非常值得稱讚？各位先生，假設人不愚蠢的話。（的確，無論如何可不能這麼說人，哪怕只因為這一個理由——如果他真的愚蠢，這樣的話難道誰又聰明呢？）但要是不愚蠢的話，那麼他終究也極為不知感恩！異常地不知感恩。我甚至認為，人的最佳定義就是：不知感恩的兩腳生物。不過這還不是全部；這還不是人的主要缺點；他的最主要缺點——就是始終品行不端，從人類命運中的大洪水①時代開始，到什列斯威－霍爾斯坦的此時仍持續不斷。品行不端，因而理智不明；因為早就清楚，理智不明不是出自別處，正是出自品行不端。你們試著放眼看看人類的歷史；嘿，你們會看到什麼呢？偉大？或許，儘管是有偉大；比如那座羅得島太陽神銅像②，確實是了不起！難怪阿納耶夫斯基③先生證實：有些人說雕像彷彿出於人類之手的產物，而另一些人則確信，雕像是大自然所創造。多采多姿嗎？或許，儘管是多采多姿；只要能在各個時代和所有民族的禮服中，搞清楚軍制服和軍便服的區別——這個真的就是了不起啦，而若要搞清楚文官制服，就完全可能會腿軟，沒有一個歷史學家會受得了。單調刻板？欸，或許是單調刻板：大家打來打去，現在打，過去打，以後也會打來打去——你們得同意，這甚至真的太過單調刻板了。簡單說，一切只要是能從腦袋裡冒出來的雜亂想像，都可以拿來談談全世界的歷史。只有一點無法說——那就是明智，你們唸這第一個字就會嗆到，甚至這到底是什麼名堂會讓人時時刻刻遇到：因為在生活中一直會出現這種品行端正和理智清明的人，這種聰明人和人類愛好者，正是他們規範自己一輩子要盡可能追求品行端正又明智，可以說，用自己照亮他人，尤其為了證明給他人看，在世界上確實可能活得品行端正又明智。那又怎樣？很清楚，許多這類愛好者，或早或晚，在生命將盡時總會背叛自己，搞出一些笑話，有時候甚至是那種最不雅的笑話。現在我問你們：對於人——這種天生有這些奇怪特質的生物，到底能夠期待什麼呢？那你們就給他全部的人世福祉吧，把他全身埋進幸福裡吧，就只讓泡泡在幸福的表面冒出來，像在水裡那樣；你們給他這種經濟上的滿足吧，讓他除了睡覺、吃蜜糖餅，以及操心不停發展的世界歷史

---

①這裡指基督教《聖經》中提到的大洪水，見《創世記》第六至八章。

②羅德島太陽神銅像（Colossus of Rhodes），古希臘太陽神的巨型青銅像，曾立於希臘羅得島港口，是古代世界七大奇蹟之一，約建於西元前二八〇年，後毀於地震。——俄文版編注

③阿納耶夫斯基（A. E. Anayevsky, 1788-1866），當時的一位俄國作家，寫作粗糙常受譏諷，曾寫過羅德島太陽神銅像的相關文章。——俄文版編注

外，根本什麼也不用做——就算如此，他這當下對你們來說還是一樣的人，這當下會出於忘恩或出於誹謗而做出卑劣勾當。他甚至會拿蜜糖餅去冒險，故意使出最傷人的胡言妄語、最無益的廢話，僅僅為了在這一切真正的明智中摻進自己致命的幻想成分。這些離奇的幻想、庸俗的愚蠢，正是他想要保留在身上的，僅僅為了要讓自己確認（彷彿這的確非常必要），人終究是人，而不是鋼琴的琴鍵，儘管自然規律親自在琴鍵上彈奏著，但是有可能會搞到，人除了曆書以外就再也無法欲求別的東西了。更何況：甚至在這種情況下，就算人真的成了鋼琴琴鍵，就算用自然科學和數學方式證明給他看，這時他也不會明白，而是故意做出什麼相反的行為，僅僅出於不知感恩，其實是為了堅持己見。而在那種情況下，如果他變不出手段了——他就會想出破壞和混亂，想出各種痛苦，並堅持己見到底！他將咒罵散布至世界，因為只有人才能咒罵（這真是他有別於其他生物的最主要特權），這是因為，他或許單單用咒罵便能獲得自己所要的，也就是說，他確實深信他是人，而不是鋼琴琴鍵！如果你們還說，連這一切都可能按照表格計算出，包括混亂、蒙昧、咒罵，這樣，真有一個預先精算的可能性來制止一切的話，理性便能拿到自己所要的——若這樣，人就會故意在這種情況下變成瘋子，為了就是不要擁有理性，而要堅持己見！我相信這點，也對此負責，因為要知道人類所有的事情，似乎也確實只限於此，是要讓人時時刻刻向自己證明，他是人，而不是一根風琴滾軸上的小榫釘！儘管用自己的肉身試法，還是證明了；儘管做法原始，還是證明了。而在此之後，該如何不去犯錯，不去贊同這點尚未成立，以及目前只有鬼才知道欲望是從哪來的……」

你們會對我大喊（如果你們還要用喊叫來獎賞我的話），說這時候可沒有人來剝奪我的意志；說這時候大家只不過盡量這麼做，好讓我的意志本身心甘情願地符合於我的正常利益、自然規律和算數結果。

「欸，各位先生，當事情走到表格和算數那一步，當只有二二得四這件事通行的時候，那麼自己的意志到底會變成什麼樣子？沒有我的意志，二乘二也會得四。難道這是自己的意志嗎！」

9

各位先生，我當然是在開玩笑，我自己知道玩笑開得不恰當，但可不能把全部都當玩笑。我或許是咬牙切齒地開玩笑。各位先生，有幾個問題讓我感到苦惱，你們幫我解決它們吧。比如說這個，你們想要人戒除過去的習慣，按照科學與健全思想的要求來端正他的意志。但是，你們怎麼知道，人不只是能夠，而且還**需要**這樣被改造呢？你們從哪裡得出的結論，認為人的欲望是一定**必要**這樣端正呢？簡單說，你們怎麼知道，這樣的端正確實會帶給人利益？還有，如果真的全都要說，為什麼你們如此確信**無疑**，不去反對被理智論據和算數所確保、確實對人總是有利又對全人類是個規律的真正、正常的利益呢？因為這目前仍只是一個你們的推測。假設，這是一個邏輯的規律，但或許根本不是人類的。各位先生，你們或許認為我是個瘋子吧？請容我補充說明。我同意：人是動物，主要是被賦予有意識地追求目標並從事技術工藝的創造性生物，也就是說永恆地、不斷地為自己開闢出一條道路，無論是**往哪裡去**。但這，或許是人偶爾想要彎到旁邊去，就因為他**被賦予**打通這條路，大概還因為無論一個天真的行動家多麼愚蠢，但畢竟偶爾會想到，道路**無論是往哪裡**都幾乎永遠繼續下去，重點不在於路往何處去，而在於只要讓路繼續下去就好，還要讓品行端正的孩子不要輕視工藝而沉溺於有害的無所事事——眾所周知，這是一切惡習的根源。人喜愛創造、開闢道路，這無須爭論。但是，為何他也熱愛破壞與混亂呢？這個你們說說看呀！不過，關於這點我本人不由自主想特別聲明兩句。或許，他這麼喜愛破壞與混亂（這可無須爭論，他有時候非常喜愛，的確如此），是不是因為，他自己本能地害怕達成目的，也害怕完成被他創造的建築呢？你們怎麼知道，或許他喜愛建築只是從遠處，而絕非就近處；或許，他只愛創造它，而不是居住在其中，之後要將它提供給「家畜」①，像是螞蟻、綿羊，其餘等等的。螞蟻就完全是另外一種品味了。牠們有一種驚人的建築，跟這同樣款式，卻永遠不會被毀滅——就是螞蟻窩。

①原文用法文「aux animaux domestiques」。

極可敬的螞蟻從蟻窩開始，或許也以蟻窩告終，牠們的貫徹始終與積極實在給自己帶來莫大的榮譽。但人是輕率又不體面的生物，或許類似棋手，只喜愛達成目的那個過程，而非目的本身。而且，誰知道（無法擔保），或許連世上人類所追求的全部目的，都只在於這一過程中的不斷追求，換句話說——在於生活本身，而其實不在於目的，這目的毫無疑問應該不是什麼別的，就是二二得四，也就是說，是一個公式，但要知道二二得四已經不是生活了，各位先生，而是死亡的起點呀。至少，人似乎總是有點害怕這種二二得四，我到現在還怕。假設說，人所做的，只為了要尋求這種二二得四，橫渡海洋，在這種追尋之中犧牲生活，但尋求若確實找到——他還真的有點害怕。因為他感覺到，一旦找到，那時候便再也沒什麼可尋求的了。工人們完成工作後，至少會拿到錢，會到酒館去，之後又會落到警察局裡——這就是一星期的活動。而人還能去哪裡呢？至少每一次在達成類似目的時，他顯得有點令人難堪。他喜愛達成的過程，卻不完全達成目的，這當然可笑極了。簡單說，人是嬉鬧地被創造出來的；在所有這些話裡頭，顯然有雙關俏皮語。不過二二得四——終究是極度令人難以忍受的東西。二二得四——這個東西，依我看來，只是厚臉皮無恥吧。二二得四像是字母「Φ」①兩手插腰洋洋得意地橫梗在你們的路前望著，還吐著口水。我同意，二二得四——是很棒的東西；但如果真要讚美，那麼二二得五——有時候才是非常可愛的小東西。

那為什麼你們這麼堅定，這麼慎重地相信，只有一個正常又正面的——簡單說，只有幸福這一個東西才對人有益呢？在諸多利益中理智不會搞錯嗎？難道，或許人喜愛的不單是一種幸福？或許，他同樣這麼喜愛痛苦？或許，痛苦對他來說也像幸福一樣這麼有益？而人有時候極愛痛苦，到熱愛的程度，這也是事實。這點連不用搞懂世界史都知道；只要你們是個人，多多少少生活過，問問自己就行了。至於我個人的想法，那就是只愛一種幸福甚至還有點不禮貌。無論是好是壞，而有時候毀掉某些東西也非常愉快。這裡我其實並沒有站在痛苦這邊，也不在幸福這邊。我是站在……自己的任性這邊，以及當需要任性的時候我可以得到它的保障。痛苦，比如說，在獨幕輕喜劇中是不准出現的，這點我知道。在水晶宮中它也是無法想像的：痛苦是懷疑，是否定，而水晶宮是幹什麼的，在那裡面可以懷疑嗎？與此同時我相信，人對於真正的痛苦，也就是說，對於破壞與混亂，永遠都不會拒絕。痛苦——這可是意識生成的唯一原因。儘管我先前報

① 「Φ」是俄文字母中第二十二個字母。

告過了，意識在我看來，對人來說是大大的不幸，但我知道人喜愛它，也不會拿任何一種滿足來換掉它。意識，比如說，遠遠高於二二得四。在二二得四確定之後，毫無疑問什麼都不會留下來，不只是行為，連認知都沒有了。到時候全部能做的就只有——蔽塞自己的五種感官，並陷入靜觀冥想中。然而，在有意識的情況下，儘管會導致同樣的結果，就是說也是無事可做，但至少有時候自己可能會鞭策自己，這到底會使人稍稍振奮起來。儘管保守落伍，畢竟好過什麼都沒有。

10

你們相信水晶宮是永世不毀的，也就是說相信這種建築物，對它既無法偷偷吐舌頭，也無法在褲袋裡比出輕蔑手勢。嘿，而我之所以害怕這個建築，或許因為它是水晶做的，是永世不毀的，甚至因為是無法對它偷偷吐舌頭的。

你們有沒有看見：如果把宮殿換成雞窩，下起雨來的話，我或許會擠進雞窩去，以免淋溼，但我畢竟不會因為要感謝讓我躲雨而把雞窩當成宮殿。你們在笑，你們甚至會說，在這種情況下雞窩和宮殿大宅——都是一樣的。是的——我回答——要是活著只是為了不淋溼的話。

不過能怎麼辦，如果我固執己見，認為大家不為這一點而活，而且如果要生活，就要這麼生活在大宅裡。這是我的欲望，這是我的願望。只有當你們改變我的願望的時候，才能從我身上將它刮掉。好，你們來改變我，用其他東西來引誘我呀，給我另外一個理想吧。但目前我真的不把雞窩當宮殿。就說水晶宮是虛幻的東西好了，按自然規律它不應當有，而我把它想像出來也只是出於我個人的愚蠢，出於我們這代人一些陳舊又不合理的習慣。不過，它應不應當又干我什麼事。如果它存在我的願望裡，或更恰當地說，存在於我的願望還存在的時候，這不都是一樣嗎？或許，你們又再笑？請笑吧；我會接受所有的嘲笑，畢竟當我想吃東西的時候是不會喊飽的；畢竟我知道，我不會安於妥協、安於無窮盡又周而復始的零，只因為它是依照自然規律存在，且**確實**存在。我不會把這種附設給貧民一千年租約的寓所、並掛有瓦根漢牙醫招牌以應不時之需的大宅，當作我願望的圓滿成就。消滅我的願望吧，抹掉我的理想吧，給我看看什麼更好的東西吧，那我就會跟你們走。你們大概會說，連跟我扯上關係都不值得；不過，若在這種情況下，我也會這麼回應你們。我們討論得很嚴肅；而你們卻不想惠賜我一點你們的關注呀，這樣我就不跟你們客套了。我有地下室。

在我還活著，還有願望的時候——即使我只搬一小塊磚頭到這大房子上，也要讓我的手給爛掉！① 別看我自己前不久才拒絕了水晶宮，單單只因為無法吐舌頭戲弄它。我說這個完全不是因為我多麼喜歡吐出自己的舌頭。或許，我只對這點生氣——在你們所有的建築之中，那種能不對它吐舌頭的建築至今並不存在。相反的，如果只要建出真讓我不再想吐舌頭的房子，就算只是發自感激之意，我也願意把自己的舌頭完全割掉。至於不可能建出那樣的房子，而只得滿足於公寓，這又干我什麼事。到底為什麼我生來便心懷這般願望？難道我生來只是為了要弄出這個結果——天生賦予我的一切就只是個哄騙？難道全部目的就只在這裡？我不相信。

而話說回來，你們知不知道：我確信，得要把我們這位地下室的兄弟綑綁住。他雖然能夠默默在地下室待四十年，不過，如果他真的走出社會，性情大發起來，他真的就會這麼說啊說的說下去……

---

①這個說法暗指法國的烏托邦社會主義學者傅立葉（C. Fourier, 1772-1837）與其弟子孔西德蘭（V. Considerant, 1808-1893）的著作中會看到的句子：「我要把自己那塊石頭搬到未來社會的建築上」；杜斯妥也夫斯基在小說《罪與罰》中，藉由拉祖米欣和拉斯科利尼科夫之口，也重複用這些話和烏托邦社會主義者辯論。——俄文版編注

11

到頭來，各位先生：最好什麼都不做！最好靠意識的惰性！就這樣，地下室萬歲！儘管我說過，我忌妒正常人到憤怒之極，但是，我看見他在那樣的條件下，我便不想成為他那樣（雖然我始終會不停地忌妒他。不，不，地下室無論如何都更有益！）在那裡至少能夠……欸，因為我連在這裡都撒謊！我撒謊，因為我自己知道，就像二二得四那麼簡單明瞭，根本不是地下室比較好，而是某種其他完全不同的東西，它讓我渴望卻遍尋不著！見鬼去吧地下室！

在我現在所寫的東西裡，如果我自己能隨便相信一點什麼的話，就算很好了。我對你們發誓，各位先生，我現在匆匆寫就的，我一個字，連一個字都不相信！也就是說，我或許相信，但同一時間卻又不明所以地感覺並懷疑我是在笨拙地撒謊。

「這樣的話，為什麼您還要寫出這一切？」你們對我說。

「這下子我真想把你們放上四十年不做任何事情，然後過四十年後我進地下室找你們，看看你們在裡面達到了什麼樣的境界？難道可以讓一個人無所事事單獨放上四十年嗎？」

「這還不羞恥，還不屈辱！」或許，你們會搖著頭輕蔑地對我說。「您渴望生活，自己卻用一種邏輯上的混亂手法來解決生活問題。您的狂妄行為多麼惹人厭煩，多麼粗魯放肆，您同時又多麼害怕！您胡言亂語，還自以為得意；您淨說些粗魯話，自己卻又不斷為此擔心，並請求原諒。您要人家相信您什麼都不怕的同時，又對我們的看法逢迎諂媚。您要人家相信您咬牙切齒的同時，又說俏皮話來逗我們笑。您知道，您的俏皮話一點都不好笑，但您顯然非常滿意它們的文學價值。您或許真的受過苦，不過您一點都不尊重自己的痛苦。您有真理，但沒有高尚品德；您是出於微渺的虛榮心，把您的真理拿來招搖，拿去受辱，拿到市場上……您的確想要說點什麼，但您又擔心而把最後的話藏了起來，因為您沒有決心將它說出口，您只有懦弱的無恥。您讚美意識，但您卻只有搖擺不定，因為就算您的腦袋在運作，您的心靈卻墮落黯淡，而沒有一顆純潔的心——就不會有一個完好正確的意識。還有您身上有多少惹人厭煩的東西，您多麼死皮賴臉強求，多麼裝腔作勢！謊言，謊言，盡是謊言！」

毫無疑問，所有這些你們所說的，都是我自己現在編造出來的。這也是從地下室生出來的。我在那裡一連四十年從隙縫中仔細聽著你們說這些話。這些是我自己發想出來的，因為也只有這個東西可以想了。這就不難理解，何以這些東西我已經熟到會背，也用了文學的形式……

但是難道，難道你們真的輕信這些，你們以為，好像我將要刊登出這一切，而且還要拿給你們讀嗎？這下又給了我一道練習題：確實，為什麼我要稱呼你們「各位先生」呢？為什麼我要對待你們，好像真的在對待讀者一樣？我打算要陳述的這些自白，不會刊登出來，也不會給其他人看。至少，我沒有這麼堅持，也不認為有必要。但是，你們可知道：我的腦袋裡冒出了一個想像，而我無論如何都要想去實現它。就是這麼一回事。

每個人的回憶中都有這種不對所有人公開的事，也許只對朋友公開吧。也有那種連對朋友都不公開的，也許只會對自己公開，而且還祕密進行。不過，最後當然也有一種甚至連對自己都害怕公開的，而這樣的東西，在每一個正派人士身上都累積相當多。甚至可以這麼說：一個人越是正派，他就有越多這種東西。至少，我自己不久前才勇於想起我的某些往事經歷，是我一直迴避至今的那些事，甚至還帶點不安。現在這個時候，我不僅僅是回想起，而甚至還敢要記錄下來，現在我正想體驗：能不能至少跟自己完全坦白，且不害怕一切的真相？我順便提一下：海涅①強調，真實的自傳幾乎是不可能的，人要談到自己必然都會說謊。依他之見，比如說，盧梭一定在自己的懺悔錄中對自己說謊，甚至出於虛榮心而故意說謊。我相信海涅是對的；我非常清楚了解，有些時候可能會造假一堆罪惡強加在自己身上，僅只是出於一種虛榮心，我甚至非常清楚理解，這種虛榮心是哪一種類型。不過，海涅批評的是在大眾面前懺悔的人。我則是為了自己一個人而寫的，並且徹底聲明，如果我像是要對讀者寫的話，那麼也僅僅是為了做做樣子，因為這樣我會比較容易寫。這裡的形式，是一個空無的形式，我永遠不會有讀者。這點我已經聲明過了……

在我這些手記的稿本中，沒什麼讓我好客氣的。我不會訂出規則和體系。我想到什麼就寫什麼。

---

①海涅（Christian Johann Heinrich Heine, 1797-1856），德國詩人，曾在作品《自白》（1853-1854）中批評：盧梭在《懺悔錄》中編造虛假的自白，是為了隱瞞其中的真相，或者是出於虛榮心。——俄文版編注

那就拿這個來說：你們可能在文字裡挑毛病，並問我：假如您確實沒期望讀者，那麼您現在到底為了什麼要如此這般說服自己，而且還寫在紙上，說您不會訂出規則和體系，您只是想到什麼就寫什麼，諸如此類的？您為了什麼要解釋？又為了什麼要道歉？

「真是得了吧。」我回答。

這裡可是有一整串的心理問題。或許，我只是個膽小鬼。也或許，在我要寫下來的時候，我故意在自己面前想像出讀者大眾，好讓自己表現得更得體一些。原因可能有上千個。

但這下又來了：我自己個人到底是為了什麼想要寫？如果不是為了讀者大眾，那本來可以就這樣在心裡記住一切，而不用記錄到紙上了嘛？

是啊，但在紙上呈現出來的總是更鄭重些。這裡面有某種感動人的東西，將會有更多的自我批判，還會添綴一點文采。除此之外：或許，我從寫作中的確會獲得寬慰。就拿這當下來說好了，一個久遠的回憶一直壓得我分外難受。最近幾天我仍清楚記起來，從那時起，它就像是一首不願解脫的惱人曲調盤旋在我心頭。而同時我又得要從中解脫。這樣的回憶我有上百個；但是，漸漸地某一個從上百個之中脫穎而出，壓迫著我。不知道為什麼，我相信如果我寫下它，那麼它就會解脫。怎麼不去試試看呢？

最後：是因為我覺得無趣，而我一直什麼事也不做。寫作還真像是個工作。人家說，人會因為工作而變得善良誠實。至少這就是個機會。

這時候下著雪，幾乎是溼的，又黃又濁。昨天也下，這幾天都下著雪。我覺得，由於溼溼的雪，讓我回想起那個至今仍不想從我身上解脫的可笑事件。那麼，就讓它變成一篇由於那溼溼的雪①的故事吧。

---

①潮溼、雨和雪，都是彼得堡城市特質的象徵，在十九世紀俄國文學中經常可見，包括小說第二篇文本中提到的果戈里的〈涅瓦大道〉、〈狂人日記〉等。

杜斯妥也夫斯基26歲時的畫像，1847年特魯托夫斯基（是他在工程學校的學弟）繪。此時他過了首作佳評的蜜月期，新作開始受到一些負面評價。畫像中帶點生澀的模樣，令人聯想起小說第二篇裡地下室人回憶起的青年時代。

第二篇　由於那溼溼的雪

我以熱切的言語勸勉
將妳墮落的靈魂挽救
脫離迷惘的幽暗
妳滿懷深沉的苦難
懊惱得拗著雙手
詛咒那束縛妳的惡習

當妳用回憶折磨
那失神健忘的良心
並向我細述一切
在我之前的情事
突然間，妳雙手掩面
滿是羞愧與恐懼
妳最終擠出淚水
氣憤又顫慄……

——涅克拉索夫①

①涅克拉索夫（N. A. Nekrasov, 1821-77[78]），俄國詩人、文學雜誌編輯，主持俄國十九世紀重要的兩本文學雜誌《現代人》、《祖國紀事》長達三十年，對文壇有相當大的影響力。杜斯妥也夫斯基與他略有私交，後來因理念差異而漸漸疏遠，但對他的詩作有高度評價，認為他是一位真正對人民苦難憂心忡忡的人，並在一八七七年的《作家日記》中撰文紀念這位剛過世的詩人，其中提到：「涅克拉索夫作為一位詩人，在我的一生中，在這三十年間，占有多麼重要的地位！」這首詩作於一八四五年，以墮落的妓女為詩歌主角形象，作者引為篇首題詩有相當的提示效果。全詩後半部如下。

要相信：我並非漠然傾聽，
我渴求捕捉每個聲音……
我理解一切，不幸的孩子！
我已原諒一切，遺忘一切。

為何對暗藏的疑心
妳時時都捨得獻身？
對人們無知的想法
妳難道也已經屈服？

別信空洞虛偽的人們
忘卻自身的疑心，
別在虛弱膽怯的心底
包藏抑鬱的思緒！

憂傷無益又徒勞
別把惡蛇懷裡抱 （譯按：惡蛇指背義小人。）
勇敢自在入我房
宛如正妻進門來！

（丘光／譯）

1

那個時候我才二十四歲。我的生活在那時就很鬱悶，雜亂無章，而且孤獨到性子都野了。我不跟人往來，甚至避免說話，越來越縮到自己的角落去。工作上，在辦公室裡我甚至盡量不看任何人，我非常清楚我的同事們不只認為我是個怪人，而且——一直都讓我覺得是這樣——似乎他們是帶著某種極端厭惡看待我。我腦中不由得想到：這是為什麼除了我之外，其他任何人都不覺得有人極端厭惡地看待他呢？我們辦公室有一個人長了張惹人厭的大痲子臉，甚至像是土匪的那種臉。我要是有這種臉，似乎就不太敢用這種不體面的臉去看任何人。另一個人則是制服已經穿破到，一靠近他就會有臭味散出來。而這些先生卻沒有一位感到難為情——不管是因為衣服還是臉孔，也不管精神層面上是否有問題。不管這位還是那位，沒有一個人會以為，人家是帶著極端厭惡看他；就算曾經以為過，那他們也都無所謂，只要不是長官這麼看就好。現在我完全清楚了，我由於自己的無限虛榮，所以才有諸多的自我要求，我很常帶著瘋狂的不滿看待自己，往往會弄到極端厭惡的程度，因此，我心裡想，要把我的觀點塞給每個人。比如說，我痛恨自己的臉孔，常覺得它醜陋，甚至懷疑臉上有某種下流的表情，因此每次我去辦公室，都痛苦地努力使自己盡量守著點分際，才不會讓大家懷疑我下流，而且臉孔要盡量裝出一副更高貴的模樣。「就算臉孔真的不漂亮，」我心想，「但也要讓它顯得高貴、表情豐富，重點還是要**極為**聰明吧。」但我清楚且痛苦地知道，我永遠無法用我的臉顯現所有這些完美優點。但最可怕的是，我發覺自己這張臉實在愚蠢。而我心裡也想完全就認了。我甚至還同意表情是有點下流，但只要同時人家能發現我的臉孔極為聰明就好。

對於我的同事，我毫無疑問是憎恨的，而且是從頭到尾都看不起，同時卻又似乎害怕他們。有些時候，我甚至會突然把他們抬舉到高於自己的地步。我不知怎麼突然就變成這樣：一下子輕視他們，一下子又抬舉他們。一個有教養又正派的人，不可能會只求虛榮而不嚴格自我要求，而且有些時候會輕視自己到憎恨的地步。不過，輕視也好，抬舉也罷，我對每個迎面而來的路人幾乎都低垂兩眼。我甚至做過實驗：我能不能經得起人家對我投來的目光，結果我總是頭一個低下眼睛。這讓我痛苦不堪。我害怕成為笑柄怕到病態的程度，因而我在一切涉及外貌的事情上都像奴僕般死守舊規；我心甘情願步入社會常軌，一心害怕自己有任何古怪可笑的地方。但我哪裡受得了呢？我是被病態地教養出來的，就像我們這個時代的文明人該有的樣子。這些人真是全都愚蠢遲鈍，個個相似，像羊群裡的綿羊一樣。或許，整個辦公室裡，只有我一個人總覺得自己是膽小鬼和奴才；那又正因為我覺得我是有教養的。但這並不只是覺得，而確確實實就是如此——我是膽小鬼和奴才。我這麼說沒有任何不好意思。我們這個時代的每一個正派人士都是，也應該是膽小鬼和奴才。這就是他的正常狀態。我對這點深信不疑。他天生如此，且被賦予如此。正派人士應該是膽小鬼和奴才，並不是現在因某種偶然情況導致的，而根本一直都是如此。這是世上所有正派人士的自然規律。假如他們之中出了個勇於任事的人，就算這樣也無可告慰，無法教人嚮往：因為他在別人面前始終都會膽怯。這是唯一且永恆的出路。只有驢子和牠們的雜種崽子才會膽大勇敢，但要知道，牠們也會停在那堵知名的牆壁前。不值得把注意力放在牠們身上，因為牠們根本沒有什麼意義。

那時候折磨我的還有一種情況：就是，沒有人像我，我也不像任何人。「我呢，是一個，他們呢，是**全部**。」——我想著想著陷入了沉思。

從這看來，我仍然完全是個小孩子。

也發生過相反的情形。要知道，有時候走路上下班是很討人厭的事：弄到我好多次下班回家都出毛病。但是，突然間，又會沒來由地襲來一陣懷疑和漠然的心情（我總是有許多一時興起的心情），這我可真會取笑自己的偏執和苛求，也會責備自己的**浪漫主義**。我要嘛是不想跟任何人說話，不然就是，不只找人說話，而且還打算跟他們友好交往。全部的苛求突然在一瞬間就沒來由地消失了。誰知道，或許這感覺我從未有過，它是從書本裡學到而假裝出來的？直到現在我還沒有解決這個問題。有一次我甚至完全跟他們交好，開始去拜訪他們家，打「普列費蘭斯」牌①，喝伏特加，聊工作……但這裡請容許我離題一下。

我們俄國人，大體來說，從來就不是愚蠢又超脫的德國式浪漫主義者，尤其更不是法國式的，在這些人身上什麼作用也起不了，哪怕大地在他們腳下迸裂，哪怕法蘭西全民都陣亡在街壘上，他們依舊如故，甚至為了好面子而不願改變，仍唱著自己超脫的歌謠，如果可以這樣說的話，會一直唱到死，因為他們是傻瓜。在我們俄羅斯的土地上，可沒有傻瓜；這很清楚；這就是我們有別於其他異邦之處。因此，就算在純粹是他們那種條件下，我們也生不出超脫的性格。這都是我們當時「正面的」的政論家與評論家，當一尋覓到科斯坦尤格洛和彼得·伊凡諾維奇大叔們②，便糊塗地將他們視為我們的理想典範，過度虛構出我們的浪漫主義者，把他們當成那種超脫的人，如同在德國或法國一樣。相反的，我們的浪漫主義者就特質上，與超脫的歐洲完完全全不相同，任何一種歐洲的衡量標準都不適用於我們這裡。（還請容許我用「浪漫主義者」這個詞——這是個古老、可敬、貼切且大家熟悉的字眼。）我們的浪漫主義者的特質——就是理解一切，**看見一切，而且常常看得比我們最正面的聰明人還清楚得多**；無論跟誰或跟什麼都不妥協，但同時又什麼都不挑剔；迴避一切，讓步一切，並合宜應對所有人；時時不放掉有益且實際的目的（無論是公家的小公寓、一筆小錢或是小星星勛章）——透過一切的熱情和一冊冊的抒情小詩去看清這個目的，而同時，「美與崇高」則至死不渝地被保留在心中，自己也順便被悉心照顧保留完好，如同保護什麼珠寶小玩意一樣，雖然說都是為了，比如說，要成全那個「美與崇高」。我們的浪漫主義者是寬大的人，也是我們所有騙子中的頭號騙子，我會讓您信服這點……甚至靠經驗就可以。當然，這一切是

①「普列費蘭斯」（préférence），一種紙牌遊戲。

②科斯坦尤格洛和彼得·伊凡諾維奇，前者是果戈里的小說《死靈魂》第二卷中的地主，後者是岡察洛夫的小說《平凡的故事》中的富裕貴族阿杜耶夫，形象都是務實能幹。——俄文版編注

假設浪漫主義者是聰明的。怎麼，我這是在幹什麼！浪漫主義者永遠是聰明的，我只是想說，儘管我們這出現過傻瓜浪漫主義者，但這不算數，因為他們只是為了更方便保全自己的珠寶小玩意兒，在仍年輕力壯的時候就徹底蛻變為德國人，移居到那邊的某個地方，多半在威瑪①或黑森林②。我，比如說，就真的瞧不起自己的工作，沒唾棄它只不過是生活所需，因為我人坐在那裡，錢就會付給我。結果就是，請注意，終究沒有唾棄。我們的浪漫主義者就算可能會發瘋（這事倒是非常罕見），也不打算唾棄，如果他沒有另外一份工作，又從來沒人將他推開趕走的話，除非他以「西班牙國王」之姿被送進瘋人院③，那也要他真的非常瘋狂。但要知道我們這裡只有那些軟弱無力、髮色淡黃的人才會發瘋。數量難以估計的浪漫主義者——後來出了一些高官。真是不尋常的多面性啊！多麼有能力去面對最矛盾的感受！我那時候對這點感到寬慰，而且現在想法還是沒變。正因此，我們才有這麼多的「寬厚性格」，這樣的性格甚至在徹底墮落時也不會喪失自己的理想；儘管為此理想他們甚至連動一下手指頭也不動，他們甚至是壞透了的強盜和小偷，但始終會揮淚尊重自己最初的理想，心地也誠懇得超乎尋常。是啊，在我們之中，只有壞透了的下流胚子才會完全甚至高尚地保持心地誠懇，同時又絲毫不會礙著他當下流胚子。我要再說一次，因為幾乎總是在我們的浪漫主義者之中，常出一些這種幹練的滑頭（我愛用「滑頭」④這個詞），他們會突然展現出這種對現實的嗅覺，以及對正面事物的了解，大受驚嚇的上級主管和群眾只能對他們茫然地嘖嘖稱奇。

多面性真的很令人吃驚，上帝才知道它會變成什麼，在隨後的環境中又會成為什麼，它還會對我們遙遠的未來預示什麼？這名堂不差呀！我可不是因為什麼可笑的或酸腐的愛國主義⑤才這麼說。不過，我相信你們又認為我是在開玩笑。誰知道呢，或許

---

①威瑪（Weimar），位於德國中部的城市。

②黑森林（Schwarzwald），位於德國西南部。

③以「西班牙國王」之姿被送進瘋人院——出自俄國作家果戈里的小說〈狂人日記〉的情節，主角看報紙得知西班牙王位懸缺，於是幻想自己就是西班牙國王，後被抓進瘋人院。

④這裡「滑頭」的俄文是從德文「schelm」轉成的外來語，在俄文中有騙人圖利者或狡猾者兩意。地下室人愛用或許是因為這個詞從德國來，帶著「多面性」，有諷刺意味。

⑤原文用「克瓦斯的愛國主義」，「克瓦斯」字義為發酸，是一種斯拉夫民族日常飲用的發酵低酒精飲料，這種愛國主義指對傳統民族風俗無論是否落後皆固執崇尚的心態，有迎合庸俗而盲目排外之意。

相反，也就是說，你們相信我真的這麼認為。各位先生，無論如何，你們的兩種意見我都會視為榮幸，並當作一種特別的滿足。我這段離題的話還請原諒。

毫無疑問，我和我同事們的友誼是經不起考驗的，我很快就跟他們吵到不歡而散，由於當時仍年少不經事，我甚至不再對他們打招呼，完全斷了關係。這種事情我也才發生過一次而已。我一向總是一個人。

我在家裡，首先，做最多的是閱讀。想要用外在的感受來壓抑所有不斷在我內心沸騰滿溢的東西。種種外在的感受，對我來說只有一種可能得到的方式，就是閱讀。閱讀，當然幫助很大——它使人擔憂，使人歡喜，還折磨人。但有時候，它也極度使人厭煩。我始終都想要動一動，於是我會突然陷入一種黑暗的、地下的、卑鄙的——不是淫蕩，而是小小淫蕩①。這些小小激情由於我時常病態的易怒性格，而在我身上顯得又劇又烈。往往會有歇斯底里發作，伴隨著淚水和抽搐。除了閱讀之外，無處可去——也就是說，在我周遭完全沒有什麼能讓我尊敬，或引我關注的東西。除此之外，還有滿溢著憂鬱；是一種對矛盾和對立的歇斯底里渴求，我便這麼放任自己淫蕩起來。我現在說這麼多，可完全不是要為自己辯解什麼……才不是！我說謊！我正是想要為自己辯解。各位先生，這是我為自己所做的記述。我不想說謊。我保證。

我做著淫蕩勾當，孤獨地、夜夜地、祕密地、擔心地、骯髒地，心懷羞恥，這感覺在最令人厭惡的時刻都會纏著我，在那種時刻甚至會變成詛咒。那時候在我的心裡就已經有一個地下室了。我害怕極了，不管怎樣都不要被人看到、被人遇見、被人知曉。於是我就徘徊在各種極其黑暗的地方。

有一次，夜裡我經過一間小酒館，透過亮窗我看到幾位先生在撞球檯旁用球桿打架，然後其中一位被扔出窗外。若是在其他時候，我可能會心情非常惡劣；不過那時突然有一股異樣的感覺，讓我嫉妒起這位被扔出窗外的先生，我嫉妒到甚至走進酒館，到撞球檯那邊，心想：「我說啊，或許我來打個架，我也會被扔出窗外。」

我沒喝醉酒，但你們還能怎麼辦——憂鬱是可能把人逼到這麼歇斯底里的程度！但後來什麼事都沒有發生。結果，我連往窗戶跳出去都無能為力，架也沒打就離開了。

---

①這裡（及全文多處）譯出名詞卑稱、暱稱時的前綴「小」，試圖維持地下室人的一貫語言風格，或貶低或親暱地看待一切。另外，中譯「淫蕩」的俄文「**разврат**」原意有：性欲放蕩與道德敗壞，從上下文看來，這樣一個男人，在這種情境下會做出什麼淫蕩勾當，似乎不難想像。

我才從那裡踏出第一步，就被一位軍官給堵了上來。

我站在撞球檯邊，並不清楚擋到了路，那個人剛好要過去；他默不吭聲地抓住我的肩膀，既不先知會也不解釋，就把我從原先站的地方給挪到另一個地方，而他自己彷彿沒注意有這回事便走過去。我就算被打都可以原諒，但我怎麼都無法原諒一個把我這樣挪開卻毫不在意的人。

鬼才知道我那時候要拿什麼來吵，來一場真正的、更有正當性的爭吵，更得體的，如果可以這麼說的話，就是更有**文學味**的爭吵！人家對付我就像是對付蒼蠅一樣。這位軍官身高大約兩尺十寸[1]；而我這個人既矮又虛弱無比。不過，要不要吵，決定權還是在我：若是去爭一爭，當然我可能就會被扔出窗外。但是我改變了主意，寧可……憤恨地悄悄溜走。

我走出酒館，一臉的窘迫不安，直接回家，而隔天我繼續我的小淫蕩，比以前更羞怯、更壓抑又更憂傷，彷彿兩眼含淚——卻終究這麼繼續下去。不過，別以為我因為膽怯才怕那軍官：我在內心裡從來不是膽小鬼，儘管事實上我膽怯個不停，但是——你們等等再笑吧，對於這點會有解釋的；我對一切都會解釋的，你們要相信。

噢，如果這位軍官是那種會答應出去決鬥的人就好了！但不是，他正好是來自那一夥先生（唉呀，早就消失無蹤的那群人），他們寧可拿撞球桿滋事，或者像果戈里筆下的中尉皮羅戈夫②那樣——向上級報告。他們才不會去決鬥，而是認為跟我們這種人，跟這種老百姓決鬥，到底是不體面的——總的說來，他們認為決鬥是某種不可思議又思想自由的，是法蘭西人的東西，他們自己則可以滿意地欺負人，特別是在身高兩尺十寸的情況下。

我當下不是因為膽怯才害怕，而是由於漫無止境的虛榮心。我不是因為被兩尺十寸的身高嚇到，也不是因為我將被痛打一頓扔出窗外，說真的，肉體上的勇猛我還夠，但是，精神上的勇氣卻是不足。我害怕的是，當我要抗議，開始用文學式語言跟所有在場的人說話時，他們——無論是前頭那位無賴記分員，或最後那位臭得薰人、滿臉粉刺、衣領油膩、在現場糾纏不休的小公務員——全都不理解並嘲笑我。因為攸關名譽問題，

①此處長度單位指俄尺與俄寸，全文亦同，一俄尺約〇·七一公尺，一俄寸約四·四公分，這位軍官身高換算為公制大約一八六公分。

②指果戈里的小說〈涅瓦大道〉中的一個角色，當他被德國工匠羞辱後，只會先向上級報告。

不是說關於名譽本身，而是攸關名譽問題（point d'honneur）①，我們到這種地步，好像不用文學式語言還談不下去。在平常語言中，是不會提到「攸關名譽問題」的。我完全相信（就是靠現實的嗅覺，儘管一身盡是浪漫主義！），他們全都只會笑破肚皮，而那位軍官不只是痛打我，應該是說，會不無惡意地痛打我，還一定會用膝蓋踹我，他就這樣邊踹我邊繞著撞球檯走，然後真的會發起慈悲把我給扔出窗外。毫無疑問，這種卑微的故事不能就以這點事跟我了結。我後來在街上經常遇到這位軍官，並好好地認清楚他。我只是不知道，他是否認出了我。應該沒有——根據種種跡象我可以這麼推斷。但是，我呀，我——望著他卻是帶著怨與恨，事情就這麼繼續下去……有一些年囉！我的怨恨甚至更強了，一年比一年更強烈。剛開始我還想暗中打聽清楚這位軍官的來歷。這對我來說很困難，因為我什麼人也不認識。不過有一次在街上某人喊了他的姓名，當時我遠遠地走在他後面，緊緊跟著他，這下子我便得知了他的姓名。另外一次，我一直跟蹤到他的公寓，用十戈比②硬幣從庭院清潔工那裡探聽出他住在哪裡，在哪一層樓，是否一個人或跟誰住等等的——簡單說，就是一切可以從庭院清潔工那裡探聽到的事情。某天一大早，儘管我從來沒有從事過文藝創作，我突然興起一個念頭要描寫這位軍官，用一種揭穿式的手法，用諷刺漫畫或小說的方式來寫。我樂在其中地寫這篇小說。

我要揭穿，甚至詆毀；我起初捏造一個讓人可以馬上認出來的人物姓名，不過深思熟慮之後便改掉了，文稿寄給《祖國紀事》③。但那時候還不時興揭穿式的作品，我的小說沒有被刊登出來。我對這件事非常懊惱。有時候一股憤恨簡直壓得我喘不過氣。最後，我決定要向我的對手提出決鬥。我寫給他一封優美動人的信，請他在我面前道歉；我相當堅決地暗示：要是遭到拒絕的話就會決鬥。這封信寫成那樣，如果那軍官對「美與崇高」還有一絲絲的理解，那麼他一定會跑到我面前，衝向我擁抱，並獻上自己的友誼。這會是多麼美好呀！我們就這樣重新開始！這樣重新開始生活！他會以自己的頭銜地位庇護我；而我也會將他開導成為高尚的人，以自己的教養，還有以……就是思想觀念，

①原文此處即用法文夾注說明，有諷刺味道。

②戈比（kopeika），俄國貨幣的最小單位，一戈比等於百分之一盧布。

③《祖國紀事》是當時主要的文學雜誌，一八四五年，杜斯妥也夫斯基完成首部小說《窮人》，受此雜誌評論家別林斯基賞識，後來有多部作品在此刊登，隔年別林斯基因故離開，雜誌漸漸失去讀者，直到詩人涅克拉索夫於一八六八年起接手實際編務約十年，雜誌逐漸轉型為帶有革命色彩的刊物。

以及許多種可能的東西！你們想想看，從他侮辱我的那時候起，已經過了兩年，因此我的挑戰便成了極不像樣的過時東西，儘管我的信十分技巧地說明並遮掩了這個過時的問題。不過，感謝上帝（至今我仍由衷含淚感謝主），我的這封信沒寄出去。一想到我如果真寄出那封信而鬧出了什麼事來，便有一股寒意透進皮膚。突然之間……突然間我用一種最簡單、最天才的方式報了仇！我突然興起了一個無比清晰的念頭！偶爾在假日時，我常會在下午三四點到涅瓦大道①，沿著向陽側的街邊散步。或者說，我在那裡根本不是在散步，而是在體驗數不盡的痛苦、屈辱和滿溢的憤恨；但說真的，我正需要這種東西。我像隻泥鰍似的用一種最難看的姿勢，來回鑽動在路人之間，不斷讓路給人家，一下是將軍，一下是近衛騎兵和驃騎兵軍官②，一下又是女士們；當我認知到我服裝的卑微，認知到我鑽動身形的卑微和庸俗，這些時候我便感到心在抽痛，背在發燙。這是一種極大的痛苦，一種不間斷又難以承受的屈辱，這來自一個想法並已轉成不間斷且直接的感受——我是一隻蒼蠅，在全世人面前，我是一隻卑鄙齷齪的蒼蠅——卻比所有人聰明，比所有人文明，比所有人高尚——這確實沒話說——但也是一隻不斷讓路給所有人的蒼蠅，一隻被所有人侮辱、被所有人凌辱的蒼蠅。為了什麼我要拿這隻蒼蠅攬在自己身上，為了什麼我要去涅瓦大道——我是不知道嗎？然而，每當一有機會，我就是會不自主地被**拉**到那裡去。

那時候，我已經開始體驗那些我在第一篇說過的歡愉高潮。就在與軍官發生事故之後，我更是強烈地被拉到那裡去：正是在涅瓦大道上，我特常遇到他，就是在那裡我還欣賞著他。他也是在假日較常到那裡去。他甚至也會轉身讓路給將軍與達官顯要，也像一隻泥鰍似的在他們之間鑽來鑽去，不過對於我們這種人，或者甚至比我們這種更正派的人，他就只會欺壓——他直接走向他們，彷彿他面前是一片空曠，無論如何都不會讓路。我望著他，陶醉在我的憤恨之中，然後……每次還是憤恨地在他面前側身讓路。令我痛苦的是，甚至連在街上我也怎麼都無法與他立足平等。「為什麼你一定要先側身讓路呢？」有時候半夜兩三點醒來，我會歇斯底里大作，對自己糾纏不休。「為什麼偏

①涅瓦大道（Nevsky Prospect），彼得堡的最主要道路，也是杜斯妥也夫斯基幾部作品中的重要場景；下一句的「向陽側」指此街的偶數號，即靠北那一側，多數彼得堡居民喜愛在這一側散步。

②此處近衛騎兵（源自義大利語 cavaliere 及法語 garde）是一種重裝騎兵；驃騎兵（源自法語 hussard）是一種輕裝騎兵。

偏是你，而不是他？要知道關於這點什麼規定都沒有，要知道這點也沒有哪裡明文規定過？那就公平一點，如同平常那些客氣的人相遇時那樣：他讓一半的路，你讓一半的路，你們便可以相互尊重地走過去。」但是，結果卻不是這樣，讓路的終究還是我，而他甚至沒發現我讓了路給他。我這下子突然有一個嚇死人的念頭冒了出來。「那會怎樣呢？」我忽然想到，「假如遇上他，而……不讓路呢？故意不讓到一邊，甚至如果必要的話去撞一下他：哎，那又會怎樣呢？」這個放肆的念頭漸漸籠罩上我，讓我無法平靜下來。我不斷地、可怕地幻想著這件事，故意更常去涅瓦大道，為了要更清楚地想像，當我要動手的時候我該怎麼做。我欣喜若狂。我越來越覺得這個企圖是可能又可行的。

「當然，不完全是要撞上，」我想著，由於心情愉快就提前起了善念，「而是這樣，就只是不讓到一邊，碰一下他，不是那種非常厲害的，而是那種肩碰肩、剛好在禮貌容許範圍內的那種；就是這樣，他碰我多少，我就回碰他多少。」我終於下定了決心。但是準備工作花費非常多時間。在執行的時候，首先得要以最最體面的樣子現身，服裝上就得煩惱。「比如說，要是萬一搞成公眾事件（而公眾在此是很講究的：來來往往的有伯爵夫人、D公爵，還有整個文學界），這就需要穿著夠好，才會讓人感覺，並直接使我們在上流社會眼前就是某種程度上立足平等的。」我以此目的央求到了預支的薪水，在丘爾金店裡買了一副黑色手套和一頂不錯的帽子。我覺得，黑色手套比我起初想拿的檸檬色手套更莊重、更風雅。「顏色太亮眼，好像是這人太過愛現」——因此我沒拿檸檬色的手套。一件不錯的襯衫，配白色骨質鈕扣，是我早就備好的；不過外套非常耽擱我時間。我的外套本身並不特別差，還保暖，但它是棉製的，衣領是浣熊皮，搭起來就很奴才味了①。無論如何都必須換掉領子，要改用河狸皮②，像軍官的那種。為了這件事我便去逛逛商場③，幾經挑選後我看上了一疋便宜的德國河狸皮。這種德國河狸皮儘管非常快就會穿爛，變成卑微至極的模樣，不過剛開始做好時，看起來甚至還非常不錯；畢竟我只是為了一次的需要而已。我問了價錢：終究還是貴。經過一番審慎考慮，

---

①奴才味或許是因為浣熊皮的毛色斑駁，也像檸檬色手套一樣不夠莊重。

②此處原文用「бобрик」，可說是仿河狸皮，是覆有毛料的織品，真正的河狸皮（бобёр）是昂貴的毛皮，兩者在字面與實質的差別常被混淆，因此地下室人想像著當時騎兵軍官短外套所鑲的高貴河狸皮衣領。此處文本與果戈里的小說〈外套〉似乎進行一種嘲諷的互文作用。下一行的德國河狸皮亦為仿河狸皮。

③商場（Gostiny Dvor），位於彼得堡涅瓦大道與花園街交叉口，是當時最大的一間百貨商場。

我決定賣掉我的浣熊皮衣領。對我來說還缺相當大的一筆數目，我決定去求安東．安東內奇．謝托奇金借錢，他是我的股長，是個和善的人，但也嚴肅、正直，又不會借錢給任何人，不過我剛到職時，我是被一位有力人士派任並特別推薦給他的。我苦惱極了。跟安東．安東內奇借錢讓我覺得驚恐又羞恥。我甚至兩三晚沒睡，而且我那時候總是睡得少，生病發燒忽冷忽熱；我的心臟常會莫名地不知不覺停止跳動，不然就是突然跳起來，跳啊跳的！……安東．安東內奇起初很訝異，之後皺了皺眉頭，之後考慮了一下，然後從我手中拿走載明有權從兩週後的薪水中扣走這筆借貸金額的字據，最終便借了錢給我。就這樣，一切終於準備就緒；漂亮的河狸皮取代了卑劣的浣熊皮的位置，這事也開始慢慢有了進展。絕對不能想第一次就完全解決，那是白費工夫；要有本領把這事給辦妥當，就是得慢慢來。但我要承認，在多次嘗試後，我甚至開始絕望：我們怎麼樣都碰不到，一直就是碰不上！是不是我沒準備好，是不是我沒這意圖——似乎，眼看我們就快要撞上，我看著看著，最後又讓了路，而他沒留意我便走了過去。我走近他的時候，甚至還念起禱告，希望上帝給予我決心。有一次我真的完全下定決心，不過最後，卻跌倒在他的腳前，因為在最後一瞬間，在差不多離兩寸的地方，我勇氣便不夠了。他極冷靜地朝我身子直走過去，我就像一顆小球似的滾到一邊去。這天晚上我又病得發燒忽冷忽熱，胡言亂語了一番。而突然之間這一切結束得好得不能再好了。在事情結束的前一晚，我徹底決定不要實現我那有害的圖謀，徒然放下一切，帶著這個目的我最後一次走去涅瓦大道，只為了要看看，我是怎麼把這一切徒然放下？突然間，離我的敵人三步之遠，我出乎意料下定決心，瞇上眼睛——然後我們結實地肩碰肩撞上！我一寸也沒讓，走過去完全是基於立足平等！他甚至沒回顧一下，裝作沒注意到的樣子；不過他只是作作樣子罷了，這點我很確信。到如今我依然確信！當然，我多受了一些撞擊；他的力氣大一些，但重點並不在於此。重點在於，我達成了目的，維護了尊嚴，沒有退讓一步，公開地把自己和他置於平等的社會立足點上。我像個徹底復仇成功的人回家去了。我陶醉在狂喜之中。我稱心得意，唱著義大利詠嘆調。當然，我不會告訴你們，三天之後我發生了什麼事情；如果讀過我的第一篇〈地下室〉，那麼你們便會自行猜到。那位軍官後來被調派到某處去，如今我已經有十四年沒見到他了。我親愛的他現在怎麼樣呢？還在欺壓誰嗎？

2

不過，當我的小淫蕩時刻結束後，我反而覺得難受極了。有感到懊悔時，我便將它驅散：真的太令人難受。漸漸地，我還是習慣了這樣。我習慣了一切，應該說不是我習慣，而是我不知為何自願同意忍受。但是，我有一條安於一切的出路，就是——逃往「一切的美與崇高」中，當然，是在幻想中。我愛極了幻想，可以躲在自己的角落裡連續做夢做上三個月，你們要相信，在這些時刻我可不像那位先生，會像雞發慌似地將德國河狸皮縫上自己的外套領子。我會突然成了英雄。我甚至那時候沒讓兩尺十寸的中尉拜訪我。我甚至那時候連讓自己去認識他也不行。我的幻想是什麼，我如何能滿足於這些幻想——關於這點現在很難說，不過我那時候是滿足於這點的。不過，就算現在我也或多或少滿足於這點。在小淫蕩之後，幻想格外更甜更烈地靠近我，帶著懊悔與淚水、咒罵與狂喜靠近我。曾經有過這種真正的心醉神迷、這種幸福的時刻，因而在我內心甚至連最微小的嘲笑都感覺不到，說真的。信望愛都曾有過。這正是說，我那時候盲目地相信，這一切會以某種奇蹟、某種外在因素，突然擴展散布出去；且突然顯現出一種新的氣象，是會起作用的、有益的、美好的，重要的是，**完全現成**的（確切是哪一種——我從來不知道，但重要的是，完全現成的），我這就突然要步入人世間，看起來像是身騎白馬頭戴桂冠那個模樣。次等的角色我連理解都沒辦法，正因為如此，實際上我便能非常安於最末等的角色。不是英雄，就是爛泥，沒有中間的東西。就是這點戕害了我，因為在爛泥中我安慰自己說我總有一天會當英雄，而英雄本身便會蓋過爛泥：人家說，一般人羞於弄髒自己，而英雄是過於高大難以完全弄髒，因而弄髒一點也無妨。很棒的是，這些滿溢出的「一切的美與崇高」，連在小淫蕩的時刻也會來找我，而且偏偏是我已經處在最低潮的那個時候，它們一個個單獨迸發襲來，彷彿要人記得它們，但終究並不是要把小淫蕩給消滅為目的才出現；相反的，它們彷彿藉著對比讓小淫蕩益發滋長，而且來的不多不少剛好足以成就一味美好醬汁。這裡的醬汁是由許多矛盾和痛苦調成，由痛苦的內在分析做成，而這一切的痛苦和小痛苦，給了我的小淫蕩增添了某種魅力，甚至是意義——總結一句話，它們徹底盡了美好醬汁的職責。這一切甚至並非沒有某些深度。然而我能否同意那簡單、庸俗、直接明白、抄寫員式的小小淫蕩，並獨自承受所有這些爛泥！到時候在爛泥中還有什麼能夠吸引我，誘惑我夜裡上街去呢？才不，我對這一切有個高尚的解脫之道……

然而，在我的幻想中，在這些「逃往一切的美與崇高」中，有多少愛情，主啊，有多少愛情我經受過呀：無論是幻想的愛情，還是實際上從沒必要用在人類身上的愛情，但之前，曾有許多這樣的愛情，之後，實際上甚至連用它的需要都感受不到：這真的成了多餘的奢侈品。不過，一切總是以懶散又令人陶醉地轉變成藝術的方式而圓滿結束，也就是說，變成美好的生活條件形式，變成完全現成的、從詩人與浪漫主義者那裡盜走的、能應用於各式的協助與需求。比如說，我戰勝所有人；所有人，理所當然化為塵土，且被迫自願地承認我全部的美德，而我便原諒他們所有人。我身為一位出色的詩人與管家，談著戀愛；我獲得數百萬錢財，立刻把它們捐獻給人類，當場在所有人面前懺悔我的種種恥辱，這些當然不只是恥辱，其中也包含相當多的「美與崇高」，以及某種曼弗雷德①的東西。全部人哭泣並親吻我（否則他們是什麼蠢貨呢），而我赤腳走著，挨餓著宣揚新的理念，還粉碎奧斯特里茨②附近的反動分子。後來，響起進行曲，遇上赦免，教皇同意離開羅馬到巴西③；後來，在波爾蓋茲別墅④舉辦了一場給全義大利的舞會，這位在科莫湖⑤岸邊，因為科莫湖是特別為了這個事件而被移到羅馬去；後來是樹叢中的場景，諸如此類等等——你們好像不知道？你們會說，在我自己承認多麼陶醉和掉淚之後，現在把這一切帶到市場去既庸俗又下流。哪裡會下流呢？難道你們認為，我對這一切感到羞愧？這一切哪怕是比你們各位先生的生活中任何什麼東西都要愚蠢得多嗎？還有，你們要相信，我這裡有收到一些絕對不差的資料……可不是所有的事情都發生在科莫湖。不過，你們是對的；確實，既庸俗又下流。更下流的是，我現在

①曼弗雷德（Manfred, 1817），是英國詩人拜倫（Lord Byron, 1788-1824）的同名詩作主角，形象孤傲。

②奧斯特里茨（Austerlitz），位於現今捷克東南部，是一八〇五年法國與俄奧聯軍的戰役場地，此役拿破崙一世取得勝利，得以稱霸歐洲。此處和接下來主角想像自己是拿破崙一世。——俄文版編注

③指教皇庇護七世，與拿破崙一世衝突後於一八〇九年開除拿破崙的教籍，而拿破崙則把這位教皇囚禁五年。——俄文版編注

④別墅位於羅馬，建於十八世紀的著名庭園，當時屬於拿破崙的妹夫卡米洛·波爾蓋茲（Camillo Borghese）；此處的舞會指一八〇六年，在波爾蓋茲別墅慶祝法蘭西帝國建國。——俄文版編注

⑤科莫湖（Lago di Como），位於義大利北部阿爾卑斯山區。地下室人的這整段幻想都有點語無倫次。

要開始在你們面前辯解。又更下流的是，我現在說的這個意見。真是夠了，畢竟，這樣會永遠沒完沒了：總是會有一個比另一個更下流……

我從來無法連續做夢超過三個月，那時候開始感受到難以克制想要衝向社會的欲求。我所謂的衝向社會，就是到我的股長安東・安東內奇・謝托奇金家裡作客。他是我這輩子唯一一位保持熟識的人，我現在對這種情況甚至連自己都感到驚訝。但是，只有當我的幻想達到這種必須得立刻擁抱人群和全人類的幸福時刻來臨時，我才會去他家；為了這點，必須至少要有一個人，一個確實存在的人在場。不過呢，去找安東・安東內奇，必須在每個星期二（他排的日子），因此，總是得要把擁抱全人類的欲求調整到星期二去。這個安東・安東內奇住在五街角①旁一棟公寓的四樓，裡面有四間房，都很狹窄，一間比一間小，裡面的陳設是最經濟的、黃通通的樣子。他家裡有他兩個女兒和一位幫他們倒茶水的阿姨。女兒一個十三歲，另一個十四歲，兩個都是朝天鼻，我面對她們害羞極了，因為她們總是輕聲細語談論我，嘻嘻竊笑著。主人平常坐在書房裡桌前的皮沙發上，和某位頭髮斑白的客人一起，那是我們單位裡的官員，或者是其他不相干的部門。除了總是同樣這兩三位客人外，我從來沒有在那裡見過其他的人。他們談論消費稅，談院裡的招標案，談薪資，談產業，談長官閣下，談巴結的要領等等。我像個傻瓜似的耐心地在這些人旁邊坐了大概四個鐘頭，光聽他們講話，我自己什麼都不敢也不能向他們開口說話。我變得意識遲鈍，盜汗了好幾次，我麻痺癱瘓了；但這很好，也有益處。回家之後，我有好一陣子把我擁抱全人類的願望放到了一邊去。

不過，我好像還有一個熟人，叫西蒙諾夫，我以前的同學。我的同學待在彼得堡的大概還滿多，但是我沒和他們來往，甚至在街上也不再打招呼。我工作轉調到其他部門，或許就是為了不要和他們在一起，為了跟我整個可恨的年少時光一下切斷。該死的這間學校，該死的這些可怕的、苦役②般的時光！簡單說，當我一畢業走出校門，便立刻與同學們散了。我遇上仍會打招呼的同學，就剩下兩三位。這其中就包括西蒙諾夫，他

①五街角是非正式的地名，位於彼得堡市郊大道（Zagorodnyy prospekt）前段約三百公尺處與其他三條街交會的路口，當地形成五個街角而得名。

②帝俄時期的「苦役」（katorga），刑罰除了剝奪自由和嚴格監控外，還有極為繁重的勞役；蘇聯時期的勞改即由此演變而來。杜斯妥也夫斯基本人曾被判處流放西伯利亞服四年苦役，在小說《死屋手記》中有詳細描寫，因此這個詞對作者有特殊意義。

在我們學校裡一點都不起眼，個性平穩安靜，但是我在他身上看出了某種獨立性，甚至是誠實。我甚至不認為他非常膚淺。我跟他從前曾有過相當美好的時刻，但是持續不久，不知怎麼突然蒙上了迷霧。他顯然為這些回憶感到負擔，似乎總是害怕我會重拾以前的那種關係態度。我懷疑他是不是非常厭惡我，但我始終常去找他，我對這點大概也不是很確定。

有這麼一次在星期四，因為我耐不住我的孤獨，也知道安東．安東內奇星期四的門是關著的，我想起了西蒙諾夫。爬上他家的四樓，我心裡就想，這位先生因為我感到負擔，我恐怕會白跑這一趟。但類似的考量，好像故意似的，更逼得我闖進模稜兩可的處境，事情也總是因此而有了結果——我就進去了。之前，離我最後一次見到西蒙諾夫，差不多有一年了。

3

我在他家還碰上我的兩位同學。他們似乎在談論著一件重要的事情。我的到來幾乎沒有引起他們之中任何一位的關注，這也很奇怪，畢竟我跟他們已經多年沒見面了。顯然，我被當成是某種最普通的蒼蠅似的。甚至在學校的時候都沒有人這麼蔑視我，儘管那裡所有人都討厭我。我當然理解，他們現在應該是因為我的工作不順遂而輕蔑我，還因為我實在太不修邊幅了，穿一身爛衣服過來等等的，這在他們眼中拼湊出一張我無能又無關緊要的面貌。但我終究沒預期會被輕視到這種地步。西蒙諾夫甚至對我的到來感到驚訝。他以前也總是好像對我的到來感到驚訝。這一切使我困窘；我坐下來，心情有點憂鬱，開始聽聽他們談論什麼。

談得很正經，甚至還滿熱烈，是關於餐宴的事，提到這些先生想就在明天為一位擔任軍官的同學茲維爾科夫餞行，歡送他將遠赴外省就任。茲維爾科夫先生一直是我的同學。我從高年級開始特別討厭他。在低年級的時候，他只是個漂亮活潑的小男孩，人見人愛。我卻在低年級的時候就討厭他，正因為他是個漂亮活潑的小男孩。他功課總是很差，而且越來越糟；然而卻順利從學校畢業，因為他有人關照。他在我們學校的最後一年繼承了一筆遺產——兩百名農奴，由於我們所有人幾乎都窮，他甚至還在我們面前吹起牛來。這是個庸俗到極點的人，但也是個好小子，就連在吹牛的時候都是。我們儘管在表面上、想像中或口頭夸談時看起來一副很有榮譽又驕傲，但除了極少數幾個人外，大家都纏著茲維爾科夫，在他吹牛時纏得更厲害。他們並非要得到什麼好處才去糾纏他，而是由於他是一個得到上天恩寵的人。並且，茲維爾科夫不知為何被我們公認他很善於反應機靈和風采優雅。後面那一點特別讓我氣壞了。我討厭他那種尖銳的、毫不自疑的嗓音，以及愛耍自己那一套俏皮話，從他口中說出來愚蠢極了，即便他真的很會說；我討厭他漂亮但傻裡傻氣的臉孔（不過我卻想把自己的**聰明**臉孔換成他那張），以及他那種四十年代放肆軍官的花招①。我討厭他一直講自己將來追女人會如何成功（他還沒有軍官的帶穗肩章，就不敢去追女人，只能不耐煩地等待那些肩章），以及講他時時刻刻要準備去決鬥。我記得，總是沉默寡言的我，有一次突然跟茲維爾科夫爭吵起來，那是在他空閒時跟同學們談到將來的色情勾當的時候，他講得興奮過度，最後跟陽光下的小狗崽一樣，突然放聲宣稱，他將不會放過任何一個自己村子裡的鄉下女孩，因為這是——領主的初夜權②，而農奴男人如果敢反抗，就鞭打他們，並對他們全部那些大鬍子壞蛋加倍課稅。粗魯的同學們鼓掌叫好，而我則罵起人來，完全不是同情鄉下女孩和她們的父親，而只是因為他們為了這麼一隻小蟲子如此鼓掌叫好。我那時候占了贏面，但茲維爾科夫蠢雖蠢，卻一副得意又放肆的模樣，因此甚至只笑了笑回應，而我事實上並沒有完全贏：因為笑留在他那邊。他之後又好幾次在口頭上贏過我，但無惡意，有點像是開玩笑那樣順口笑一笑。我則憤恨又輕蔑地不回應他。畢業的時候，他本要走到我面前，我並不非常排斥，因為這是對我的恭維，但我們很快自然而然就散了。之後，我聽說他在部隊裡擔任中尉的成就，說他如何**縱情嗜酒**。之後出現另外一些傳言——說他如何在職場上**經營有成**。他在街上已經不跟我打招呼，我還懷疑他是不是害怕，跟像我

①這裡標出了「四十年代放肆軍官」，加上接著的「追女人」、「帶穗肩章」、「準備去決鬥」等情節，很容易讓人直接聯想到萊蒙托夫的小說《當代英雄》（1840）的〈梅麗公爵小姐〉中的格魯什尼茨基的形象。

②原文用法文「droit de seigneur」。

這麼一個卑微小人物點頭致意的話，會有損他的名聲呢。我也有一次在劇院看到他，在第三層樓，他的肩章已經佩上了穗帶。他在一位老將軍的幾個女兒前面，卑躬屈膝地賴皮追求著。不過三年，他變得非常邋遢，儘管他依舊相當漂亮又機靈；有點浮腫，開始發胖；看得出，他三十歲前皮膚將會徹底鬆弛到病態肥胖的地步。就是這位終將離去的茲維爾科夫，我們的同學想要為他舉辦餐會。他們三年來一直跟他往來，儘管他們心底不認為自己跟他是在同一立足點上，這點我很確信。

西蒙諾夫的兩位客人之中，一位是費爾菲奇金，是個德裔俄國人——身材矮小，猴子臉，是喜歡譏笑所有人的蠢蛋，從學校低年級開始就是我最凶惡的敵人——這是個下流、放肆的吹牛小子，擺出一副自傲得不得了的樣子，儘管他心裡毫無疑問是個小孬種。他是茲維爾科夫的崇拜者之一，那些人逢迎他是別有企圖，經常跟他借錢。西蒙諾夫另一位客人是特魯多柳伯夫，這個人不出色，當兵的小夥子，高個子，表情冷淡，夠誠實，但他崇拜功成名就，感興趣的話題也只有升遷這件事。他是茲維爾科夫的一個遠親，這一點，說來很蠢，在我們之間竟給他增添了某種意義。他一直不把我當成什麼，對我也不夠客氣，但還可以忍受就是了。

「好吧，假如一人出七盧布，」特魯多柳伯夫開口說，「我們有三個人，就是

二十一盧布——可以吃得很好了。茲維爾科夫當然不用出錢。」

「那當然，既然我們要請他的話。」西蒙諾夫說定。

「難道你們真的以為，」費爾菲奇金高傲又熱情地干預，一副蠻橫的僕役拿自己將軍老爺的星星勳章吹牛的模樣，「難道你們以為，茲維爾科夫會讓我們這些人付錢嗎？出於客氣是會接受，但他自己同時也會請**半打**酒的。」

「嘿，我們四個人哪能喝半打。」特魯多柳伯夫發表意見，只把注意力放在半打上。

「就這樣，我們三個加上茲維爾科夫四位，二十一盧布，明天五點在巴黎酒店①。」被選為主辦人的西蒙諾夫最後總結。

「怎麼會二十一呢？」我有點激動不安地說，甚至看來還像抱怨，「如果算上我，那麼就不是二十一，而是二十八盧布。」

我覺得，突然這麼意外地提議自己加入甚至還非常漂亮，他們也一下子被我說服，全都尊重地望著我。

①原文用法文「Hôtel de Paris」。

「難道您也想要？」西蒙諾夫不滿地表示，眼神有點逃避我。他對我了解透頂。他對我了解透頂這件事讓我很惱怒。

「為什麼不呢？要知道，我好像也是同學吧，還有，坦白說，大家迴避我甚至讓我覺得難堪。」我又激動了起來。

「那要去哪裡找您呢？」費爾菲奇金粗魯地插話。

「您一向跟茲維爾科夫不和哩。」特魯多柳伯夫皺著眉補一句。但我已經緊緊抓住的，便不會放手。

「我覺得，這件事沒人有權評斷，」我語帶顫抖提出反駁，似乎上帝才知道怎麼了。「正是因為以前不和，或許，我現在才想去。」

「嘿，誰會了解您……這些高尚的東西呀……」特魯多柳伯夫冷笑。

「會把您算在內，」西蒙諾夫轉頭對我做出決定，「明天五點在巴黎酒店，別搞錯地方。」

「錢呢！」費爾菲奇金對西蒙諾夫說，一邊用頭朝著我點了一下，原本是要輕聲提醒，不過話沒講完，因為連西蒙諾夫都覺得尷尬起來。

「夠了，」特魯多柳伯夫站起來說，「如果他真的那麼想去，就讓他去吧。」

「本來是我們自己的圈子，朋友之間而已，」費爾菲奇金也抓起帽子，發怒地說。「這不是正式的聚會。我們對您，或許根本不想……」

他們離開了；費爾菲奇金走的時候完全不跟我打招呼，特魯多柳伯夫沒看我，只稍微點一下頭。西蒙諾夫跟留下來的我單獨面對面，他感到有點懊惱地莫名為難，詭異地望著我。他既不坐下也不請我坐。

「嗯……好……那就明天。錢呢，您現在要交嗎？這事我想確認一下。」他尷尬地嘟嘟囔囔著。

我忽然一陣火大，但我臉紅著想了起來，打從遠古時代我就欠西蒙諾夫十五盧布，這我可是從來沒忘記，但也從來沒還錢。

「您自己也同意吧，西蒙諾夫，我進來這裡的時候無法得知……我也非常懊惱我忘記了……」

「好啦，好啦，無所謂。您在明天用餐之後付清吧。我本來只是要知道……您，請……」

他說話中斷，開始在房間裡走來走去，表情更是懊惱。他走著走著停了下來，鞋跟互靠發出聲響，接著更猛地踏著步子。

「我沒有耽擱您吧？」沉默兩分鐘之後我問。

「噢，沒有！」他突然精神一振，「應該是說，事實上——有。要知道，我當然得去……離這不遠……」他有些不好意思，帶著點道歉的語氣說。

「啊，我的老天！您怎麼不說呢！」我抓起圓盤帽，大喊一聲，倒是一副非常不客套的樣子，上帝才知道哪裡來的這副模樣。

「這是不遠……才離這兩步路……」西蒙諾夫重複，一副慌張的樣子送我到前廳去，這模樣一點都不適合他。「那麼就明天五點整！」他朝樓梯喊了我一聲——他真是非常滿意我要離開。我可是要發狂。

「可這是幹麼呢，這是幹麼要急忙跳出來！」我走在街上咬牙切齒，「就為了這個下流胚子，豬崽子茲維爾科夫！當然不需要去，當然要吐個口水：我是跟他有什麼關係？明天就到市郵局去電通知西蒙諾夫……」

但我之所以憤怒不已，就是因為我確定知道我會去，我故意要去，而且越是不得體，越是不禮貌，就越要去。

甚至還有一個正當理由不用去：沒錢。我身上僅僅只有九盧布。但是其中七盧布明天就得付薪水給阿波隆，他是住在我家的僕人，月領七盧布伙食自理。

依阿波隆的個性來看，不付錢給他是不行的。但是關於這個騙子、我的這個潰瘍，我以後再找時間來談。

不過，我是知道我終究不會付他薪水，而我非得去餐會才行。

這天夜裡我做了一些可怕極了的夢。這不難理解：因為整個晚上我被苦役般的學校生活時光的回憶給緊掐著，無法從中逃脫。我被一些我所倚賴的遠房親戚給隨隨便便塞進這間學校，從那時候起，我便對他們完全無法理解——他們隨便把一個孤苦伶仃的、已被他們的埋怨給折磨殆盡的、猶疑未決的、沉默寡言的、驚怯地四處張望的孩子，給塞了進去。迎接我的同學只給了我惡毒無情的譏笑，因為我跟他們任何一個都不相似。但是我無法忍受譏笑，也無法這麼隨便地與人相處，像他們彼此和睦相處那般。我立刻痛恨起他們，並且遠離大家，將自己囚禁在膽怯、屈辱又過度的驕傲之中。他們的粗魯使我惱怒。他們無恥地笑我的臉，笑我肥大的身材，而同時他們自己的臉又是多麼愚蠢！在我們學校裡，不知道為什麼同學們的表情會變得特別蠢，完全變了一個樣子。有多少原本好好的孩子進到我們這裡來呀，經過幾年後，看到他們也開始令人感到厭惡。我才十六歲就抑鬱地對他們感到驚訝；他們思想上的無聊，處事、玩樂、言談間的愚蠢，那時候真令我感到吃驚。他們對那種必要的東西不了解，對那種啟發又震撼人心的事物不感興趣，因此我不由得開始認為他們比我低下。不是受辱的虛榮心使我如此，看在上帝的份上，可別冒失地用膩到令人作嘔的官方說法來對我說：「我只是在幻想，而他們當時已經理解了現實生活。」他們什麼都沒理解，沒理解絲毫的現實生活，我發誓，就是這點最使我對他們感到惱怒。相反的，他們幻想又愚蠢地接受的，是最明顯又刺眼的現實，那時他們已經習慣於只崇拜成功這一件事情。所有原本公正的、但受了侮辱和壓迫到極點的，便被他們殘酷無情又無恥地取笑。他們把頭銜尊為才智，十六歲就已經在談那些肥缺職位。當然，這裡有許多是由於愚蠢、由於不斷圍繞在他們童年少年時周圍的壞榜樣而導致的。他們淫蕩到變態的程度。毫無疑問，這裡有更多表面的東西，更多的假裝無恥；毫無疑問，他們也會閃現出青春與一點清新感，甚至也是出於淫蕩；但是就連他們的清新感都不誘人，那是在一種胡作非為中表現出來的。我痛恨他們極了，儘管，恐怕我比他們還更壞。他們回報給我同樣的東西，不隱藏自己對我的極端厭惡。但是我已經不期望他們的愛；相反的，我一直渴望他們的侮辱。我為了避免自己被他們取笑，刻意開始盡可能地學習得更好，並勉力擠進最好的前幾名之列。這點醒了他們。並且，他們全部開始慢慢地了解，我已經讀過那些他們無法閱讀的書籍，我已經理解那些（沒列入我們專業課程內的）他們連聽都沒聽過的東西。雖然他們粗俗又嘲弄地看待這件事，但精神上屈從了，而且連老師們都因此注意到我。嘲笑停了，但嫌惡仍在，彼此間的關係變得冷淡又緊張。快到最後的時候我自己受不了：對於人和朋友的欲求隨著一年年過去越來越強烈。我原本也試過去接近其他人看看；但是這種接近往往發生得不太自然，也就那樣自然而然結束了。我曾經有個朋友。但是我已經成了心靈上的惡霸，我想要無止境地控制他的心靈，想要啟發他去蔑視自己的周遭，並期待他要高傲又徹底地與他的周遭決裂。我的熱情友誼嚇到了他，把他給弄哭，弄到顫抖；他是個內心天真又順服的人，但是當他全然服從我的時候，我卻立刻厭惡他並推開他——好像我需要他只是為了要戰勝他，只為了一個他的屈服。但是我無法戰勝所有人；我的朋友也是跟誰都不像的人，還是最罕見的例外。我離校後第一件事，是丟下那個我之前派給自己的特別任務，才好扯斷所有關係，詛咒過去，像灰燼般撒掉……鬼才知道，為何在這之後，我還溫溫吞吞地去找這個西蒙諾夫！……

一清早我就從床上直起身子，激動地跳起來，好像這一切馬上就要開始實現。但是我相信，我生命中某個重大的轉折要來臨，就在今天一定會到。不知道是由於不習慣還是什麼，但是這一生，在任何外表看來哪怕是最微小的事件中，我都覺得，眼前就要面臨我生命中某個重大的轉折。我還是照常去上班，但為了要準備一下，提早兩個鐘頭偷偷溜回家。重要的是，我想，必須不能第一個到，不然的話人家會以為我真的高興得不得了呢。但是類似的重要事項有上千件，一件件都讓我擔心到疲憊。我親手把我的靴子再清一次；因為阿波隆發現一天清兩次沒這規矩，就無論如何不肯幫我做了。我就是要清，從前廳偷來刷子，以免不知道哪天他發覺了之後會看不起我。然後我仔細地檢查我的衣服，發現全都穿舊了，磨爛了。我實在是太邋遢了。制服大概還堪用，但可不行穿制服去赴餐宴。重要的是，在褲子上，就在膝蓋正上方有一大塊黃斑。我有預感，這一個斑點就會把我九成的自尊心給剝奪掉。我也知道，這麼想非常低級。「但現在不是想不想，而是現在要面對現實了」——我想到這便垂頭喪氣。我也知道得很清楚，當時，我把所有這些事實都可怕地誇大；但是又該怎麼辦：我已經無法保持冷靜了，這份狂熱讓我直打哆嗦。我絕望地想像著，這個「下流胚子」茲維爾科夫會如何高高在上冷淡地迎接我；那個鈍頭特魯多柳伯夫會用那種遲鈍、又無論如何都難以抵抗的輕蔑望著我；小蟲子費爾菲奇金為了要巴結茲維爾科夫，會如何卑劣放肆地嘻嘻嘲笑我；西蒙諾夫多麼透徹地了解我的一切，對於我的虛榮與心虛到這般低賤，他會如何地蔑視我，還有，重要的是，這一切將是多麼卑微，沒有**文學味**的，是日常的。當然，根本不要去最好。但這真的完全不可能了：從我一開始被吸引過去的時候，我就這麼連人帶頭整身都陷進去了。我可能以後一輩子都會嘲弄自己：「怎麼，害怕了，害怕**現實**，害怕了！」相反的，我熱烈地想要證明給全部這些「敗類」看，我完全不是像我自己所想的這麼膽小。況且：在膽怯的狂熱強烈大作時，我幻想著要占上風，要戰勝，要吸引人，促使他們愛自己——哪怕只是「為了思想的高尚與不容置疑的機智」。他們會丟下茲維爾科夫，他將坐到一邊去，羞愧不語，而我將擊垮茲維爾科夫。然後，大概，我將會跟他和好，並為了彼此以**你**相稱①而喝一杯，但對我來說最可恨又最難堪的是，這點，我當時便知道，充分明確知道，我事實上一點也不需要，事實上我完全不願擊垮、征服、吸引他們，而為了這一切的結果，即使我真得到了，我自己也會頭一個瞧不起自己。噢，我不斷向上帝祈求，好讓這一天趕快過去！我心裡一股說不出的鬱悶，走到窗邊打開氣窗，凝視著那片灰灰茫茫，溼溼的雪稠密地落下……

終於，我的破爛小掛鐘發出了悶悶的五點鐘聲響。我抓起帽子，盡量不去看阿波隆——這個人從早上就一直在等我發薪水，但出於自身的驕傲，他不想先開口要——我從

①雙方互稱從「您」到「你」，在這裡表示關係變親近。

他身旁溜出門去，坐上快馬好車，是我特地花最後半盧布雇來的，然後像個老爺似的迅速駛往巴黎酒店。

4

我前一晚就知道，我會是第一個到。但問題倒不在於第一。他們不僅沒人到，我甚至費了點功夫才找到我們的包廂房間。桌子都還沒完全擺設好。這到底表示什麼？多次探聽之後，我終於從侍者那邊問出，餐宴是訂在六點，而不是五點。在小吃部那裡也再次確認了這點。還要再問更清楚一點就不好意思了。現在才五點二十五分。如果他們更改了時間，那無論如何得要通知到人才對；這是要去市郵局辦，而不是讓我自己受這「羞辱」……甚至在侍者面前丟臉。我坐下後，侍者開始擺設桌子，他的在場變得有點讓人更覺得難堪。快六點的時候，除了已經燃著的燈，還有人拿了蠟燭進房間來。侍者倒真是沒想要在我剛到的時候就立刻拿進來。隔壁房有人在用餐，分坐不同幾桌，兩位有點陰鬱的客人，一副生氣的樣子沉默不語。遠處的其中一間房非常吵鬧，甚至大吼大叫；聽得到一大夥人哈哈大笑，還聽到有點下流地用法語尖聲叫嚷：表示那是跟女士們的聚餐。簡單說，非常噁心。我很少經歷太下流的時刻，因此當他們六點整一下子全部出現時，當下那一刻我還把他們當作什麼救星似的高興起來，差點忘了我應該看起來要一副委屈的樣子。

茲維爾科夫看來像是領頭的，在所有人之前走進來。他跟他們所有人都在笑；但是茲維爾科夫一看到我，便擺起派頭從容不迫地走向我，稍微彎下腰，像在賣弄，然後伸手給我，有點溫和又不太溫和地，帶點謹慎的、差不多像是將軍式的客氣，伸出手的同時，一邊還護著自己要提防什麼似的。跟我想的相反，我本以為他進來那一刻就會開始哈哈笑，像他先前那種細聲伴著尖叫的大笑，他一開口卻都是些乏味的笑話和俏皮話。我從昨天晚上就開始準備跟他見面的應對方法，但是怎麼也沒料到他這種既高傲又打官腔示好的姿態。那麼，他真的十足認為，現在他自己在各方面都比我高太多了嗎？如果他只是想用這種將軍姿態來壓我，我想，那還不要緊，我會設法在哪裡呸地吐掉。但是，如果確實一點都不想欺負人，認真鑽進他的綿羊腦袋瓜裡的只是一個小念頭——他自認比我高太多，因此望著我便可以不用別的方式，而用這種庇護關照的眼神？只因為一個這樣的猜想，我就已經開始喘不上氣來了。

「聽到您想要加入我們，讓我很驚訝，」他發音不清不楚，拉長著音開始一字一句說出來，他從前並沒有這個樣子。「我們不知怎麼一直沒再見面了。是您害怕見到我們。想太多了吧。我們沒有您覺得那麼可怕。好啦，無論如何我很高興重——新——開——始……」

接著他漫不經心地轉身把帽子放在窗邊。

「等很久了嗎？」特魯多柳伯夫問。

「我五點整到，正如昨天跟我約定的一樣。」我大聲回答，語氣中帶著一種快要大發脾氣的憤恨。

「難道您沒通知他改時間了？」特魯多柳伯夫轉身問西蒙諾夫。

「沒通知。我忘了。」那人回答，但是沒半點後悔，甚至沒對我道歉，便走去安排餐前菜。

「這麼說您在這裡已經一個鐘頭了，啊，可憐！」茲維爾科夫嘲笑地大叫一聲，因為以他的理解，這的確應該是可笑極了。在他之後，傳來一陣有點下流、響亮如小狗的笑聲，那是下流胚子費爾菲奇金。連他也覺得我的情況真的非常可笑又發窘。

「這一點都不好笑！」我對費爾菲奇金大喊，憤恨越來越深，「錯在別人，不是我。人家瞧我不起沒通知。這—這—這……簡直是荒謬。」

「不只是荒謬，還有點什麼來著，」特魯多柳伯夫嘟囔著，天真地為我說話。「您真是太過軟弱了。簡直是沒禮貌。當然，也不是故意的。這個西蒙諾夫怎麼會……哼！」

「如果要跟我玩這套，」費爾菲奇金說，「我可是會……」

「您吩咐人家給自己點些東西也好嘛，」茲維爾科夫插話，「或者直接要求不等我們您先用餐。」

「你們得同意，我是可以這麼做，也不需要任何人同意，」我斷然回答。「但如果我要等，那麼……」

「我們就坐吧，各位先生，」走進來的西蒙諾夫大喊，「全都準備好了；香檳我請客，冰得很棒……因為我不知道您的住所，要去哪裡找到您呢？」他突然回過身但又有點不看著我說。顯然，他對我有些反感。看樣子，他是在昨天會面後打定這個主意。

大家坐下來，我也坐下。桌子是圓形的。我左手邊坐的是特魯多柳伯夫，右手邊是西蒙諾夫。茲維爾科夫坐對面，費爾菲奇金則在他旁邊和特魯多柳伯夫的中間。

「說——說看，您……在局裡嗎？」茲維爾科夫繼續問候我。一看到我尷尬，他便認真地以為要對我親切，還有，如果可以這麼說的話，要鼓勵一下。「他是怎麼了，是不是想要我拿瓶子丟他？」——我發狂地想。由於不習慣這種情況，我有點不太自然地一下就生氣了。

「在某……某處……」我看著盤子，吞吞吐吐地答。

「那……對您有利嗎？說——說看，是什麼迫——迫使您放棄先前的工作？」

「那個迫——迫——迫使人放棄先前工作的東西，就是想要放棄而已。」我已經幾乎無法控制自己了，拖長了三倍音說。費爾菲奇金氣呼呼的。西蒙諾夫嘲諷地望著我；特魯多柳伯夫停止吃東西，開始好奇地仔細瞧瞧我。

這下使茲維爾科夫討厭了，但他不想在意。

「那——那——那，您的收入呢？」

「什麼收入？」

「就是說薪——薪水如何？」

「您幹麼考核我呀！」

然而，我當下還是說出了我薪水多少。我臉紅極了。

「不多。」茲維爾科夫傲然地表示。

「是呀，吃不起餐廳吧！」費爾菲奇金無恥地加一句。

「我認為，這樣甚至可以說是窮呢。」特魯多柳伯夫認真地表示。

「您變得多麼瘦，變化多麼大……從那時候起……」茲維爾科夫再說，已經不無惡意、帶著一點無恥的同情心朝我和我的服裝仔細打量。

「欸，別再讓人家尷尬啦。」費爾菲奇金嘻嘻笑地喊了一聲。

「閣下，您要知道，我不尷尬，」我終究還是脫口而出，「您聽見沒！我在這裡，在『餐廳』裡用餐，用的是自己的錢，用自己的，而不是用別人的，您要注意這點，費爾菲奇金先生①。」

「怎——麼！難道這裡是有誰不是用自己的錢吃飯？您似乎……」費爾菲奇金緊追不捨，臉紅得像隻蝦子，狂怒地盯著我的眼睛。

「是——啊，」我感覺到離題遠了，答說，「我認為，我們談話最好能再談得聰明一點。」

「您似乎打算要展現您的聰明才智？」

「別擔心，這個在這裡完全是多餘的。」

「嘿，您這是幹麼，我的先生，嘮嘮叨叨的——啊？您不會在您的『居』②裡真發瘋了吧？」

「夠了，各位先生，夠了！」茲維爾科夫專斷地喊著。

「這真是愚蠢！」西蒙諾夫嘟囔著。

「確實愚蠢，我們朋友圈的聚會，是要為好朋友送行，而您卻在算帳，」特魯多柳伯夫粗魯地對我一個人說。「是您昨天自己來強求我們的，您可別破壞大家的和諧……」

「夠了，夠了，」茲維爾科夫喊著。「停一停吧，各位先生，這有失身分。現在不如我跟你們來說說，我是怎麼前天差點就結了婚……」

這下開始了一段有點像是壞人名聲的故事，講這位先生怎麼在前天差點結了婚。關於結婚本身，反倒是沒說什麼，故事中卻不時閃現一些將軍、上校，甚至低階宮廷侍從，而茲維爾科夫在這些人之中幾乎像是領袖一樣。響起一片讚賞的笑聲，費爾菲奇金甚至尖叫連連。

大家不理我了，我像個被擊垮、被消滅的人坐著。

---

①此處的「先生」原文用法文「monsieur」。

②這裡費爾菲奇金是說法語的「L'appartement」（公寓「居」所），與之前聊到工作上的「局」（法語的「département」），兩者讀音接近，可能他藉此譏諷對方。

「主啊，這就是我交往的夥伴嗎！」我心想。「我在他們面前露出自己多麼愚蠢的樣子！我還真是忍讓了費爾菲奇金很多地方。這些無知粗人以為，他們把自己的桌子分給了我一個位子，是給我面子，那麼他們怎麼不了解，這是我，是我給他們面子，而不是他們給我！『變瘦了！服裝！』噢，該死的褲子！茲維爾科夫老早就注意到膝蓋上的黃斑了……這下子還有什麼！就是現在，這一刻從桌子後面站起來，拿起帽子，直接離開，什麼話都不說……是出於輕蔑！哪怕明天去決鬥也好。這些賤人。要知道我可不是捨不得這七盧布。大概，他們以為……見鬼去！我不是捨不得這七盧布！這一刻我就要離開！……」

毫無疑問，我留了下來。

我出於悲苦喝了幾杯拉菲紅酒和雪莉酒①。由於不習慣我很快就醉了，而懊惱伴著酒醉滋長。我突然想用一種最放肆的方式凌辱他們所有人，然後才離開。抓準時機表現自己——就讓他們說：雖然可笑，但還算聰明……還有……還有……簡單說，讓他們見鬼去！

我用昏沉無力的眼神無恥放肆地環顧他們所有人。但是他們好像已經完全忘記我了。**他們**那裡喧喧嚷嚷又歡樂。講話的一直都是茲維爾科夫。我開始留心聽。茲維爾科夫正講到一位豐腴的女士，他最終把她迷到要跟他告白的地步（毫無疑問，他像馬一樣在說謊），講到這件事裡，他的一位親密朋友特別幫了他忙，似乎是一位公爵什麼的，任職驃騎兵的科利亞，這人擁有三千農奴的家產。

「那麼這個時候，這位身價三千農奴的科利亞，怎麼完全沒看到他來這裡給您送行呀。」我突然插入他們的對話。這一刻全部人都沉默不語。

「您這下子真是醉了。」終於肯注意我的特魯多柳伯夫，輕蔑地斜眼瞧我這邊。茲維爾科夫默默地仔細瞧著我，像在看小蟲子一樣。我低下了眼睛。西蒙諾夫趕緊幫大家倒起了香檳酒。

特魯多柳伯夫舉起酒杯，除了我之外全部人都跟著舉杯。

「祝你健康，一路順風！」他對茲維爾科夫喊；「敬舊日時光，諸位，敬我們的未來，萬歲！」

大家乾杯，並上前與茲維爾科夫互吻。我沒動靜；整杯酒擺在我面前沒喝一口。

---

①產於西班牙的白葡萄酒，酒名源自產區城市赫雷斯（Jerez de la Frontera），台灣稱雪莉酒。

「那您難道不打算喝嗎？」失去耐心的特魯多柳伯夫威嚇地轉向我，吼叫起來。

「我想自己說幾句祝詞，單獨地……那時候再喝，特魯多柳伯夫先生。」

「愛耍脾氣的小子真討人厭！」西蒙諾夫嘟囔一句。

我坐在椅子上挺直身子，忐忑不安地拿起酒杯，準備著某種不尋常的東西，連我都不知道自己到底要說什麼。

「安靜①！」費爾菲奇金喊。「聰明的就要來囉！」茲維爾科夫了解是怎麼一回事，非常認真地等候。

「上尉茲維爾科夫先生，」我開口了，「您要知道，我討厭漂亮話、說漂亮話的人，還有勒緊腰部的細腰身……這是第一點，後面接著是第二點。」

所有人都顫抖了起來。

「第二點：我討厭色情②和那些好色之徒。而且特別討厭好色之徒！」

「第三點：我愛真理、真心和誠實，」我幾乎不自覺地繼續說，我因為害怕開始發冷，身體僵住了，我不了解自己是怎麼這樣說話的……「我愛思考，茲維爾科夫先生；我愛真正的友情，是基於立足平等的，而不是……哼……我愛……可是又為了什麼呢？我敬一杯酒祝您健康，茲維爾科夫先生。您要去誘惑切爾克斯女人③，要去打死祖國的敵人呀，還有……還有……祝您健康，茲維爾科夫先生！」

茲維爾科夫從椅子上站起來，對我鞠個躬說：

「非常感謝您。」

他覺得屈辱極了，甚至臉色發白。

「見鬼了。」特魯多柳伯夫用拳頭敲桌子吼著。

「不不，為了這事要把他的醜臉打一頓！」費爾菲奇金尖叫。

「得把他攆出去！」西蒙諾夫喃喃道。

「不用說了，各位先生，也不用動手！」茲維爾科夫鄭重地喊一聲，止住大家的憤怒。「感謝你們所有人，但我自己能夠向他證明，我有多重視他的話。」

---

①原文用法文「Silence」。

②「色情」原文用俄文的「小草莓」，此衍生義是果戈里首先在小說《死靈魂》中使用，後成了慣用詞義。

③這句和下句是藉由小說《當代英雄》的〈貝拉〉的情節來嘲諷，萊蒙托夫筆下的主角佩喬林到高加索服役時強擄切爾克斯女人，並與「祖國的敵人」，即與當地不順從俄羅斯帝國的山民作戰。

「費爾菲奇金先生，為了您剛剛說過的話，明天您可要讓我滿意呀！」我轉向費爾菲奇金傲然地大聲說。

「是說決鬥嗎？請呀。」那個人應答著，但想必我提出挑戰的樣子那麼可笑，與我的外形那麼不相符，以致於所有人，費爾菲奇金則是跟著大家，全都笑倒一片。

「啊，當然，別理他！他可真的完全醉了！」特魯多柳伯夫厭惡至極地說。

「我永遠都不會原諒自己把他給算進來！」西蒙諾夫再度喃喃自語。

「現在還真想拿酒瓶扔大家。」我心裡想，便拿起了酒瓶，然後……給自己倒滿一杯酒。

「……不，我最好還是待到最後！」我接著想，「我離開的話你們可高興了，各位先生。絕對不行。我就是要故意坐著喝酒到最後，表示我不會多給你們一絲絲的重視。我要坐著喝酒，因為這裡是酒館，而我進門已經付過錢了。我要坐著喝酒，因為我把你們當成卒子，當成不存在的卒子。我要坐著喝酒……還要唱歌，如果我想要的話，就是可以唱，因為我有這樣的權利……唱歌……哼。」

但是我沒唱歌，只是盡量不去看他們其中任何一個人，並採取一些最不受影響的姿勢，我等不及看他們什麼時候**先**開口跟我說話。但是，唉，他們沒開口。我多麼多麼願意能在此刻跟他們和解呀！鐘敲過八點，最後到九點。他們從桌旁移到沙發去。茲維爾科夫伸開四肢躺在小沙發上，一隻腳擱在圓茶几上。葡萄酒也挪到那邊去。他確實提供了三瓶自己的酒給他們。我呢，毫無疑問，他沒請我喝。所有人圍著他坐在沙發上。他們差不多是心懷景仰地聽他說話。看起來他受大家喜愛。「為什麼？為什麼？」我暗自心想。有時候他們談得酒酣歡暢，便相互親吻。他們談到高加索，談到什麼是真正的熱情，談到賭十一點半牌①，談到職務上的肥缺；談到驃騎兵波德哈爾熱夫斯基的收入有多少，他們之中沒有一個人認識此人，還高興他的收入很多；談到D公爵夫人非比尋常的美麗與嫵媚，他們之中也是沒有一個人見過這位夫人；最後話題談到莎士比亞是不朽的。

我輕蔑地微笑，在房間另一邊沙發正對面那裡，我沿著牆壁從桌子到壁爐之間走來走去。我想用盡全力表現出，沒有他們我也行；同時，我還故意用靴子跺著地板，用鞋跟咚咚地停步。但是一切都枉然。**他們**就是不去注意。我有耐心直接在他們面前這麼來回

①一種賭博牌戲。

走著，從八點到十一點，一直都在同樣的地方，從桌子到壁爐，再從壁爐回到桌子。「我這麼自己走自己的，誰也不能夠禁止我。」進房間的侍者有幾次停下來看著我。由於頻繁的迴轉，我暈頭轉向，常常覺得我在胡言亂語。在這三個小時，我出了汗又乾掉，來回有三次。每當痛楚至深至毒時，便有個想法刺入我的心中：再過十年、二十年、四十年，哪怕過四十年後我始終會心懷極端厭惡和屈辱，來回憶我一生中這些最骯髒、最可笑、最可怕的時刻。真是不可能會有比這個更不知羞恥，又更心甘情願的自取其辱了，我完完全全了解這點，卻仍然持續從桌子到壁爐之間走來走去。「噢，但願你們知道，我擁有什麼樣的情感和思想，我多麼有教養就好了！」——我常常這麼想，同時心意投向那張坐著我敵人的沙發。但是我的敵人們卻表現出一副姿態，彷彿我根本不在房間裡。有一次，只有那一次他們轉頭看我，正當茲維爾科夫說到莎士比亞，那時我突然輕蔑地哈哈大笑起來。我是這麼怪異又嫌惡地用鼻子哼一聲，他們全部一下子停止談話，沉默地觀望了大概兩分鐘，表情嚴肅，也沒笑我怎麼沿著牆壁從桌子到壁爐間來回走動，還有**我怎麼完全都不去注意他們**。但結果什麼也沒變：他們沒開口對我說話，兩分鐘後再度把我丟下。鐘敲了十一點。

「各位先生，」茲維爾科夫從沙發站起來大聲說，「現在大家都**去那裡**吧。」

「當然，當然！」其他人也開口說。

我猛地轉向茲維爾科夫。我受盡折磨、糟蹋至極，就算一死也要做個了結！我全身忽冷忽熱，溼了的頭髮隨後又乾掉黏在額頭和鬢角。

「茲維爾科夫！我請求您的原諒，」我乾脆又堅決地說，「費爾菲奇金，我也向您，還向大家，向全部人請求原諒，我羞辱了所有人！」

「啊哈！決鬥可不是隨便鬧的吧！」費爾菲奇金惡毒地低聲說。

這使我的心劇痛無比。

「不，我不是怕決鬥，費爾菲奇金！我正準備明天要跟您打一場，就在和解之後。我甚至堅持這點，您還不能拒絕我。我想向您證明，我不怕決鬥。您將先開槍射擊①，而我會對空開槍。」

「他在自我陶醉。」西蒙諾夫表示。

「簡直是說蠢話！」特魯多柳伯夫回應。

①由受侮辱的一方先開槍，是當時決鬥規則的一種。

「喂，麻煩讓過，您幹麼橫擋在路中間！……那您想怎麼樣？」茲維爾科夫輕蔑地回應。他們全部都臉紅了，大家的眼睛閃爍著：全喝多了。

「我請求您的友情，茲維爾科夫，我羞辱了您，但是……」

「羞辱？您——您！對——我！您要知道，閣下，您從來不能夠在任何時候、任何地方羞辱**我**！」

「您也夠煩了吧，滾開！」特魯多柳伯夫決然地說。「我們走。」

「歐林琵雅是我的，各位先生，說好囉！」茲維爾科夫喊了一聲。

「沒問題！沒問題！」大家笑著回答他。

我這個被汙辱的人站在那裡。一大夥人則喧鬧地走出房間，特魯多柳伯夫拉長聲音唱著某一首愚蠢的歌。西蒙諾夫為了給侍者小費，短暫待了一下下。我突然走到他旁邊。

「西蒙諾夫！給我六盧布！」我堅決又絕望地說。

他極度驚訝地用帶著點呆滯的雙眼望向我。他也喝醉了。

「啊，難道您也要跟我們**去那裡**？」

「對！」

「我沒錢！」他斷然回答，輕蔑地冷笑一下，然後走出房間。

我抓住他的外套。這是個噩夢。

「西蒙諾夫！我看到您有錢，為何您要拒絕我？難道我是下流胚子嗎？請別拒絕我：要是您知道，要是您知道，我是為了什麼請求的！這關係到我的一切啊，我一切的未來，我一切的計畫……」

西蒙諾夫掏出錢來，差不多是用丟的給我。

「拿去，如果您這麼不知羞恥的話！」他毫不憐憫地說出來，然後跑去追他們。

這一刻我獨自留下來。混亂、剩菜、地上的碎酒杯、倒出來的葡萄酒、抽過的菸頭、酒醉與腦袋裡的胡言亂語、心中磨人的憂愁，以及最後是，看見且聽見了一切的、並好奇地瞧著我的眼睛的侍者。

「**去那裡**！」我喊一聲。「要嘛他們全部跪下來，抱著我的雙腳，懇求我的友誼，不然……不然就是我去給茲維爾科夫一個耳光！」

5

「這下子，這下子與現實的衝突終於來了，」我從樓梯飛快地跑下來，嘴裡嘟囔著。「這看來，已經不是丟下羅馬前往巴西的教皇了；這看來，已經不是科莫湖上的舞會了！」

「你這下流胚子！」在我腦海中閃過這個念頭，「如果這是你現在所嘲笑的。」

「讓他們去吧！」我自問自答地喊。「要知道現在一切真的都完蛋了！」

他們已經消失無蹤了。但無所謂：我知道他們去哪裡。

門口台階旁站著一名孤伶伶的夜車車夫，他身穿粗呢外衣，整個人覆了一層不斷落下溼溼的、彷彿溫熱的雪。天氣又潮又悶。他那匹花斑小馬兒也全身覆了雪，還咳嗽著，這我記得非常清楚。我衝向樹皮製的小雪橇，但我才抬起腳想坐，便想起西蒙諾夫剛剛給我六盧布的情景，搞得我渾身發軟，於是我像個袋子似的癱倒在雪橇裡。

「不，還得要做許多事情，好挽回這一切！」我喊著，「但是，我要嘛是挽得回，不然就是在這個夜晚當場陣亡。走吧！」

我們出發了。我腦袋裡一陣狂風大作盤旋著。

「要跪著懇求我的友情——他們做不到。這是幻影，庸俗的幻影，令人厭惡的、浪漫主義的、空想的幻影；這就跟科莫湖上的舞會一樣。因此我**應該**給茲維爾科夫一耳光！我有責任要給。就這樣，決定了，我現在就飛奔過去給他一耳光。」

「快點！」

馬車夫拉扯韁繩。

「我一進去，就給他一耳光。是不是需要在打耳光前說些什麼當作開場白呢？不要！一進去就打才好。他們全部會坐在客廳裡，而他與歐林琵雅會在沙發上。該死的歐林琵雅！她有一次嘲笑我的臉，還拒絕我。我要揪歐林琵雅的頭髮，要揪茲維爾科夫的兩隻耳朵！不，最好只揪一隻耳朵，然後揪著他的耳朵在整間房裡轉一轉。他們，或許，全部人會起來打我，推我。這甚至是毫無疑問的。讓他們來吧！畢竟是我先打他耳光：是我挑起的，而依照慣例——這一切就完了，名譽掃地；他已經被烙上了印，任何的毆打都將無法為自己洗雪被打耳光的恥辱，除非決鬥。他應該要跟我決鬥。現在就讓他們毆打我吧。來吧，不高尚的人們！尤其是特魯多柳伯夫會來打：他這麼強壯；費爾菲奇金會從旁邊抓，而且一定會猛拉頭髮，肯定的。但是來吧，來吧！我過去就是為這個。他們的羊腦袋瓜到最後，才真會勉強搞清楚這一切的悲哀何在！當他們把我拖到門口時，我會對他們大喊，說他們其實連我的一根小指頭都比不上。」

「快點，車夫，快點！」我對拉車的大喊。

他甚至顫抖了一下，揮一下鞭子。我喊得真的非常粗野了。

「我們將會在黎明決鬥，這確定了。我跟局裡就完了。費爾菲奇金不久前還把『局』說成了『居』。但是要去哪裡找槍呢？廢話！我會預支薪水去買。那火藥呢，子彈呢？這是決鬥見證人的事。那怎麼來得及在黎明之前準備好所有這些東西？還有我到哪裡去找見證人？我又沒有熟人……」

「廢話！」我更加暈頭轉向地喊，「廢話！」

「我到街上找頭一個遇見的人，要他務必當我的見證人，他這就像從水裡拉起溺水者那般。最滑稽古怪的狀況應該設想好了。甚至我明天去請求自己的長官來當見證人的話，那麼他基於騎士精神應該會答應，而且會保守祕密！安東．安東內奇……」

事實是，在那同一時刻，我比全世界任何人還要更清楚、更明白，我那些假設顯示出卑鄙至極的荒謬，以及所有壞的那一方面，但是……

「快點，車夫，快點，小滑頭，快點吧！」

「噯，老爺！」車夫說。

一股寒意突然襲向我來。

「是不是……是不是……最好現在直接回家？噢，我的上帝！為何，為何昨天我要自願來參加這場餐宴！但是不，不可能不來！那麼從桌子到壁爐之間來回走三個小時是幹麼呢？不，是他們，他們，而不是什麼其他人該跟我算清這筆走來走去的帳！他們應該要洗刷這個恥辱！」

「快點呀！」

「那麼，要是他們把我交給警察局呢？他們不敢！怕搞出醜聞。那麼，要是茲維爾科夫瞧不起人拒絕決鬥呢？這甚至很肯定，但我就要向他們證明到時候……當他明天要離開的時候，到時候我會衝去郵驛站，當他要擠進車子的時候，我會抓住他的腳，剝掉他身上的外套。我會用牙齒緊咬住他的手，我咬他。『大家來看看，一個絕望的人會被逼到什麼地步！』讓他打我的頭吧，然後他們全部人隨即跟上來打。我會向大眾喊：『看看這隻年輕的小狗崽，他臉上帶著我吐的口水要去誘惑切爾克斯女人囉！』

「毫無疑問，此後一切就完蛋了！我工作的局從地表消失。我會被抓，被審判，被解職，被關入監牢去，把我送去西伯利亞，永久流放。不打緊！過了十五年之後，當我從牢裡放出來的時候，我會像個乞丐一身破爛緩緩跟在他後面。我會在某個外省城市找上他。他將會娶妻，過得幸福。他還會有一個成年的女兒……我會說：『你看看，惡煞，看看我深陷的臉頰，看看我破爛的衣衫！我失去了一切——事業、幸福、藝術、科學、**心愛的女人**，這一切皆因你而起。手槍就在這。我來，是要來把自己的手槍清出彈藥，並且……還要原諒你。』這時候我對空中開一槍，然後我便銷聲匿跡了……

「我原本甚至還哭了，儘管就這一刻我完全清楚知道，剛剛這些情節全都是出自希利維歐①和萊蒙托夫的《化裝舞會》②。我因而突然覺得可恥極了，我羞恥到把馬停下來，從雪橇走出來，站在街道中的雪地上。車夫呼著氣驚訝地望著我。

「怎麼辦？去那裡是不可能的——會很蠢；要停下這事也沒辦法，因為這已經要發生了……主啊！這怎麼能夠停下來！而且是在這種恥辱之後！」

「不！」我再度衝進雪橇，激昂地大喊，「這已經注定了，這是命運！快點，快點，去那裡！」

我不耐煩地用拳頭打了車夫的脖子。

「你怎麼，幹麼打人？」那個老粗大喊，但還是給了劣馬幾下鞭子，因此馬兒用後腳踢了起來。

溼雪如團絮紛紛落下，我敞開衣服，也不管下不下雪了。我忘記了其他一切，因為我最終決定要去賞人一耳光，我驚恐地感受到，這**一定是此刻**，現在就要發生，而且**已經沒有任何力量能夠停住**。僻靜的燈火憂鬱地閃動在白雪茫茫中，就像葬禮上的火把。雪塞到我身上的外套、常禮服和領帶裡，並在上面融化掉；我沒合攏衣服：要知道，無關乎這些雪，一切早已經失去了！我們終於到了。我幾乎失去知覺地跳出去，沿著小階梯跑上去，手腳並用地敲起門來。我的兩腿無力極了，尤其是膝蓋。不知怎麼門很快就開了，好像是知道我會來。（事實上，西蒙諾夫已預告店家，說或許還會來一位，來這

---

①這是普希金的短篇小說〈射擊〉（1830）中的主角，是一輩子為復仇而活的人。前一段地下室人想像的情節是戲謔地模仿希利維歐的遭遇，像是流浪漢版的希利維歐。作者後來自傲地說過：他的地下室人在意識到自身畸形的悲劇這方面，要比希利維歐描寫得更為出色。——俄文版編注與譯注

②這部萊蒙托夫的劇作，描寫一位年輕貴族如何與虛偽的上流社會衝突，又如何被忌妒與自尊給毀掉。

裡必須預約，而且店家一向會採取防備措施。這裡是當時的幾家「時髦店鋪」之一，這些店現在早已經被警察給清剿了。白天，這確實是間店鋪，而到了晚上，只能憑介紹函才能進場作客。）我快步穿過暗了的店鋪，進到我熟悉的客廳，那裡總共只點了一枝小蠟燭，我困惑地站住：因為他們一個都不在。

「他們是在哪裡？」我問某個人。

然而，毫無疑問，他們已經成功散到各房間去了……

在我面前站著一個女人，掛著愚蠢的微笑，是女老闆本人，她多多少少認識我一些。過了一分鐘門打開了，走進來另一個女人。

我沒去注意任何東西，只在房裡走來走去，而且，我似乎在跟自己講話。我好像從死裡逃生，全身上下愉快地預感到這件事：要知道我會打一耳光，我一定會，一定打一耳光！但是現在他們不見了……一切都消失了，一切都改變了！……我四下張望。我還無法思考。我不自覺看一看剛剛進來的女孩子：在我面前閃現一張清新、年輕、帶著些許蒼白的臉龐，有直挺的黑眉，一副嚴肅又彷彿有點驚訝的眼神。我立刻就喜歡上這張臉；如果她微笑的話，我可會痛恨她。我開始更專注地仔細看看，似乎還頗費勁地看：因為仍無法全然集中思考。在這張臉龐上，有某種樸質、善良的，但又有點嚴肅得奇怪的東西。我確信，她在這裡便是輸在這點上，那些笨蛋之中沒有人會注意到她。不過，她稱不上是個美女，儘管個子高又有力氣，身材好。服裝打扮得相當普通。有種卑鄙的想法螫咬著我，我直直朝她走過去……

我不經意照了一下鏡子。我這張騷動不安的臉讓我覺得厭惡至極：蒼白、憤恨、下流，披頭散髮。「就這樣吧，我喜歡這樣，」我心想，「我就是喜歡讓她覺得厭惡，這會讓我高興……」

6

……在隔板後的某個地方，彷彿由於某種強烈的擠壓，彷彿有誰掐著快要窒息——時鐘發出嘶啞聲響。一陣不自然的冗長嘶啞之後，緊接著是尖細又下流的，且不知怎麼忽而急速的聲響——好像有誰突然往前衝出去。鐘敲了兩點。我清醒了過來，儘管我睡也沒睡，只是迷迷糊糊躺著。

在狹小、擁擠又低矮的房間裡，塞放著一個巨大的衣櫃，撒滿了硬紙盒、破爛衣服和各式各樣的無用穿著——房裡幾乎完全黑暗。房間盡頭的桌上，燃著一枝偶爾稍微閃出火光的蠟燭頭，就要完全熄了。再過幾分鐘，應該會一片漆黑。

我剛回神不久，一下子毫不費力，立刻就回想起一切，彷彿它就這麼守著我，以便再度猛撲過來。就算在昏睡，始終彷彿記得常停留在某個無論如何都忘不了的點上，我的幻夢在那附近沉重地徘徊。但奇怪的是：這天發生在我身上的一切，以現在清醒之後的我來看，好像已經是很久很久以前的事，彷彿我很久很久以前就經歷過這一切了。

腦袋裡面有一股狂熱騷動。彷彿有什麼東西在我頭上晃來晃去，而且觸碰我，刺激我，騷擾我。憂愁和惱恨再度滿溢，尋找出口。突然在我旁邊，我看到兩隻睜開的眼睛，好奇又不停地仔細瞧著我。那眼神冷漠不關心、陰鬱，完全像那種局外人的眼光，這讓人感到沉重。

陰鬱的想法在我腦中萌生，以某種卑鄙的感受流遍我全身，類似你走進一間潮溼又有霉味的地下室時的那種感受。有點不自然的是，恰巧就是現在這兩隻眼睛忽然想要開始仔細瞧我。我也回想起，在這兩個小時內我都沒跟這個人說一句話，也根本不認為這是需要的；我甚至不知為何不久前還喜歡這樣。就是現在，突然有一個荒唐、如蜘蛛般令人厭惡至極的淫蕩念頭，鮮明地浮現在我面前，這念頭沒有愛情，粗魯又無恥地直接從真愛的盡頭開始。我們就這樣彼此對望好久，但是她在我的眼前並沒有低下自己的雙眼，也沒有移開自己的目光，我因此最後變得有些莫名地恐慌不安。

「妳叫什麼名字？」我為了急著要結束這種處境，問得結結巴巴地。

「麗莎。」她幾乎是喃喃著應答，但是不知為何完全不親切，她還移開了眼睛。

我沉默不語。

「今天天氣……下雪……真讓人厭惡！」我幾乎是自言自語地說出口，憂煩地把一手枕在頭下，望著天花板。

她沒答話。這一切真是不像樣。

「妳是本地人嗎？」過了一下子我頭稍稍轉向她，幾乎氣憤地問。

「不是。」

「從哪來的？」

「里加①。」她不情願地說。

「德國人嗎？」

「俄國人。」

「來這裡很久了嗎？」

「哪裡？」

「這間屋子裡。」

「兩個禮拜。」她說話越來越斷斷續續。小蠟燭完全熄滅了，我已經無法看清楚她的臉。

「有父母親嗎？」

「是……不……有的。」

「他們在哪裡？」

「在……里加那裡。」

「他們是做什麼的？」

「沒做什麼……」

「什麼沒做什麼？他們是什麼樣的人，什麼樣的身分？」

「一般小市民。」

「妳一直跟他們住嗎？」

「對。」

「妳幾歲？」

「二十歲。」

「妳是為了什麼離開他們？」

①拉脫維亞的首都，一七二一年至一九一八年為俄羅斯帝國領土。

「就是這樣……」

這個**就是這樣**意味著：別再糾纏了，令人厭煩。我們陷入沉默。

上帝才知道我為什麼不離開。我自己也變得越來越厭煩又憂愁。過去這一天的種種形象不知為何自然而然地，也不管我願不願意，開始紊亂地流過我的記憶中。我突然回想起在一個早晨街上看到的場景，那是在我憂煩地膽怯去上班的時候。

「今天有副棺材被抬出來，差點沒掉下來。」我突然出聲，完全沒想要開始對話，幾乎是無意脫口而出。

「棺材？」

「對，在乾草廣場，從一個地窖中抬出來。」

「從地窖？」

「不是從地窖，而是從地下一樓那層……嘿，妳知道的……那下面……從瘋人院那裡……周圍都那麼骯髒……蛋殼、垃圾……臭得……令人作嘔。」

沉默。

「今天下葬很不好！」我再度開口，只為了不要沉默。

「哪裡不好？」

「下雪，溼溼的……」（我打個哈欠。）

「還不都一樣。」一陣沉默之後她突然說話。

「不，很惡劣……（我再打個哈欠。）掘墓工人想必會罵來罵去，因為雪弄得溼溼的。而墓穴裡想必都是水。」

「為什麼墓穴裡有水？」她帶著點好奇地問，但說得比之前更難聽懂、更結巴。我的情緒突然被什麼東西給挑了起來。

「怎麼沒有，水積在底部，有六寸深。在沃爾科沃墓園①這裡，你不會挖到一個乾的墓穴。」

「為什麼？」

「什麼為什麼？有水的地方就是這樣。這裡到處都是沼澤。他們就這麼把棺材放到水裡去。我親自看過……好多次……」

---

①沃爾科沃墓園位於彼得堡，這裡以文人的墓聞名，其中包括文學評論家別林斯基、作家屠格涅夫、科學家門得列夫等。

（我其實一次都沒看過，連沃爾科沃墓園也從來沒去過，只聽過人家說說而已。）

「難道你連死都無所謂嗎？」

「我為什麼要死？」她像是在辯護而答著。

「妳總有一天會死吧，而且完全就像不久前剛過世的那個女的那樣死去。那個人曾經……也是一個女孩……得肺結核死掉了。」

「妓女要死在醫院才好……」（「她已經知道這件事，」我心想，「才會說是妓女，而不說女孩。」）

「是她欠老闆娘錢，」我反駁，爭吵得更厲害去挑釁，「儘管她得了肺結核，幾乎快到最後的時刻，還在幫老闆娘幹活。附近的馬車夫跟士兵都在講這件事。看來，那些人是她的舊識相好。他們邊講邊笑，還要聚在酒館裡為她祈求安息呢。（我在這裡虛構了許多細節。）」

沉默，深深的沉默。她甚至動也不動。

「在醫院那裡死掉，是不是好一些？」

「不都一樣嗎？……而且我為什麼要死？」她激憤地補一句。

「不是現在，那麼以後呢？」

「以後又怎麼……」

「怎麼不會這樣！妳這當下是年輕、漂亮、清新──大家對妳多麼珍愛。但這樣的生活再過一年後，妳就不會再有這般模樣，妳會枯萎凋謝的。」

「再過一年？」

「無論如何，再過一年後妳的價值就少一些，」我繼續幸災樂禍。「妳將會從這裡轉去更低級一點的什麼地方去，到另外一間屋子。再過一年──到第三間屋子，只會越來越低級，大概七年之後，妳就會進到乾草廣場旁的地窖去。這還算好的。不幸的地方是在這，要是妳冒出什麼毛病的話，像是胸口疲弱啦……或是著涼感冒，不然就是隨便什麼毛病。過這種生活，病很難好起來。一旦得了，那麼，大概就擺脫不了。妳就這麼死掉。」

「那我就去死吧。」她倒是十分凶狠地回話，並很快打了一下哆嗦。

「就是可憐呀。」

「可憐誰？」

「可憐生命。」

沉默。

「妳有過喜歡的對象嗎？啊？」

「干您什麼事？」

「我又不是要問出個什麼。干我什麼事。妳幹麼生氣呢？妳當然可能有自己的煩惱。幹麼讓我知道？就只是可惜。」

「可惜誰？」

「可惜妳。」

「沒什麼好可惜的……」她幾不可聞地低語，再度打了個哆嗦。

這下子可激怒了我。怎麼！我對她這麼親切，而她……

「妳是在想什麼？妳是在正確的道路上嗎，啊？」

「我什麼也沒想。」

「妳不想那就很糟糕。趁還有時間，妳要醒悟過來呀。時間是還有。妳還年輕，人也漂亮；能夠戀愛，嫁人，當個幸福的……」

「不是所有的婚姻都幸福。」她斷然搶答，用之前那種難懂的急忙說話的方式。

「當然不是所有都幸福——但畢竟遠遠勝過這裡。好得多哩。若心中有愛，沒有幸福也能過得去。連活在悲苦中也很好，活在世上都很好，甚至不論怎麼活。而這裡，除了……惡臭之外，還有什麼。呸！」

我極端厭惡地轉過頭去；我已經不是冷漠地說教。我自己開始感覺到我是在說什麼，因而急躁起來。我已經渴望將自己暗藏的、曾被擠在內心角落的**小想法**給說出來。我心中有某種東西突然燒了起來，好像有什麼目標「出現了」。

「妳別看我在這裡，我不是妳的榜樣。我或許比妳還糟。不過，我是喝醉了才來到這裡的，」我還是忙著為自己辯解。「更別說，男人絕對不是女人的榜樣。兩碼子事；我就算自甘墮落、自取其辱，但同時我可不會是誰的奴隸；我來過又走掉，就沒有我了。我抖一抖自身上的東西，便不再是那個人。但拿妳來說，妳一開始——就是奴隸。對，奴隸！妳交出一切，交出全部的自由。之後妳想要扯斷這些鎖鏈，已經沒辦法：妳將會被捆得越來越緊。就是這麼該死的鎖鏈。我了解它。關於其他的事我還沒說呢，妳也不會明白的，或許，這下換妳說說吧：妳，想必是真的欠老闆娘錢吧？喝，妳看看！」儘管她沒回答，只是沉默，卻是整個人用心聽著，我仍接著說。「這就是妳的鎖鏈！妳真的永遠無法贖身。他們會這麼做的。把靈魂交給鬼也都無所謂……」

……況且，我……或許也是這種不幸的人，妳怎麼知道呢，我還故意闖入爛泥裡，也是因為憂愁。要知道人家喝酒是因為悲苦：那我來這裡——也是因為悲苦。妳說說看，這裡有什麼好的：我和妳就在這……相會……不久前，我們彼此間一直連話都沒說出口，妳像個野蠻人似的隨後仔細瞧起我來，而我也這麼對妳。難道人們是這樣相愛嗎？難道人與人之間的交往應該是這樣？不像樣的地方就是在這裡！

「對！」她急急忙忙附和我一聲。我甚至被這一聲如此匆忙的**對**給嚇了一跳。意味著，或許不久前她一直瞧著我的時候，連她的腦海中也閃過一模一樣的念頭？意味著，她已經能夠思索一些東西？……「見鬼，這令人好奇，這——跟我是**同類**，」我心想，差點沒搓搓自己的手。「這麼一個年輕的心靈，怎麼會對付不了呢？……」

遊戲是最吸引我的。

她轉過頭靠近我一些，黑暗中我覺得她是用手撐著身子。或許，她在仔細瞧著我。我多麼遺憾，不能看出她的眼睛。我聽到她的深深呼吸。

「妳為什麼要來這裡？」我已經開始有點強勢地問。

「就是這樣……」

「要知道能住在父親家裡有多好呀！溫暖，自在，那是自己的窩。」

「要是那裡更糟糕呢？」

「接著這話我得要講得中肯，」我心裡閃過念頭。「那種感傷的東西，妳大概不太會領受。」

不過，這念頭只是這麼一閃而過。我發誓，她確實引起了我的興趣。而且，我不知怎麼有點虛弱又情緒波動。要知道，欺騙就是能這麼輕易地與感情交融。

「誰說的！」我急忙回答，「一切都有可能。我這就相信，妳是被誰給欺負了，而且是人家更對不起妳，而不是妳對不起**人家**。我可是對妳的故事一點都不清楚，但是像妳這樣一個女孩子，看來並不是出於自願來到這裡的……」

「我這樣一個女孩是什麼樣？」她喃喃說著幾乎聽不太到，但是我聽清楚了。

「見鬼，我在諂媚。這很卑鄙。但或許也不錯……」我心想。

她沉默不語。

「麗莎，妳看看，我來說說我自己吧！真希望我小時候有個家庭，我就不會像我現在這樣了。我經常在想這件事。要知道，家庭無論多麼糟糕——畢竟還是父親母親，而不是敵人，不是外人。哪怕對妳的愛一年只表現出一次來。妳終究知道，妳是在自己家裡。我就是在沒有家的環境中長大，因此，想必我才成了一個這麼……無情的人。」

我再度等待回應。

「大概，她不明白，」我想，「是很可笑——還講起道德。」

「假如我當了父親，有個自己的女兒的話，我應該，似乎會愛女兒比愛兒子多一些，真的。」我開始從旁切入，裝作不談那事，來哄她開心。坦白說，我臉紅了。

「這是為什麼？」她問。

所以，她有在聽呢！

「就這樣，我不知道，麗莎。妳看看：我知道一位父親，他是個嚴格又嚴厲的人，但在女兒面前他會跪著親吻她的手啊腳的，看也看不厭，真的。她在晚會上跳舞，他則會在同一地點站上五個鐘頭，目光從不離開她。他愛她愛到發狂，這個我理解。她夜裡累了去睡覺，他便清醒過來，走去親吻睡著了的她，並為她畫十字祝福。他自己穿油漬斑斑的衣服，對所有人吝嗇，卻會用盡最後一分錢來買東西給她，送她昂貴的禮物，如果禮物得她喜愛，那才會使他快樂。父親總是比母親更愛女兒。有的女孩子住在家裡很歡樂！而我呢，大概是不會讓自己的女兒嫁出去的。」

「是怎麼了？」她稍稍笑了一笑問。

「應該是嫉妒吧，真的。嘿，她怎麼能去親吻其他男人？怎麼能去愛別人比愛父親還多呢？想到這種事便很沉重。當然，這一切都是胡說；當然，任何父親最終都會醒悟過來。但是我應該，似乎在嫁出女兒之前，自己就會被這個憂慮給煩死了：真想把所有的未婚夫都給淘汰掉。而我最終還是希望她會嫁給自己所愛的人。要知道，女兒自己愛的人，往往是那個讓父親覺得所有裡面最差的一個。這確實如此。家庭裡因為這樣而常發生許多不幸的事。」

「就是有些人高興把女兒賣掉，而不是光采地嫁出去。」她突然說話。

啊！是這種事！

「麗莎，這種事只會出在那種該死的家庭中，那裡既沒上帝也沒有愛，」我激動地說起來，「而沒有愛的地方，就沒有道理可言。是有這種家庭，確實，可我不是要談這種。看來妳在自己家裡，並沒有見到善良的一面，才會這麼說。妳真是一個不幸的人。嗯……這一切多半是因為窮困。」

「那在老爺們的家裡就會好一些是嗎？人若是誠實，就算貧困也會活得好好的呀。」

「嗯……對。可能。麗莎呀，這又是同樣的問題：人只愛算自己多悲苦，而不去算算自己多幸福。而人若是合理地去算，就會看到，等著他的命運各式各樣都有。好吧，要是家庭裡一切順遂，上帝保佑，嫁的丈夫很好，愛妳，疼妳，不離開妳！在這種家庭很好！甚至有時候吃點苦勉強過活也很好，況且哪裡沒有悲苦呢？妳要是去嫁人，可能

自己就清楚了。但在妳嫁給妳所愛的人之後，至少就剛開始的時刻來看：真是幸福呀，有時候幸福來得真多呀！而且總是源源不絕。剛開始的時候，甚至跟丈夫爭吵也能好好收場。有的妻子愛得越深，跟丈夫就吵得越凶。確實，我知道這種女人：『就是這樣，我愛你，就是說，非常愛，是出於愛才要折磨你，你感受一下吧。』妳知不知道，出於愛是可以故意去折磨人的？女人多半都是如此，還會暗自想：『但我以後會去愛，會加倍去撫慰，所以現在折磨一下也不為過吧。』然後家裡所有人都會為你們高興，既美好歡樂，又和睦真誠……也是有其他女人會嫉妒的。我知道一個女的，她的男人一出去哪裡，她便無法忍受，同一晚她會衝出去，悄悄地跑去看看：沒有在那裡嗎？沒有在那棟房子裡嗎？沒有跟女人在一起嗎？這真是糟糕。她自己也知道很糟糕，她心慌意亂，痛悔自責，但就因為她愛他，一切都是出於愛。爭吵之後，她在他面前認錯、道歉，這樣和解多麼美好！他們倆又是這麼好，突然變得這麼好——好像他們重新相逢，重新結婚，他們的愛情也重新滋長。任何人，任何人都不應該知道，丈夫與妻子之間發生什麼事情，要是他們彼此相愛的話。他們之間無論發生什麼樣的爭吵——都不應該叫各自的老母親去評斷，讓一人去講另一人的是非。他們自己是自己的裁判。愛情是上天的奧祕，無論發生了什麼事情，應該都要避開所有外人的眼光。愛情由於這點而更神聖，更美好。

彼此之間更加尊重，而許多事便是始於這尊重上。既然真的有愛，又是因愛結婚的話，為何愛情要消逝！難道無法守住這份愛嗎？很少有這種守不住愛的情況。那要是一個人多麼善良誠實地為人夫，這樣的話愛情怎會消逝呢？新婚最初的愛意會消逝，確實，而隨後到來的愛情才會更好。在那時候心靈相通，雙方把所有事情都共同安頓好，彼此間將不再有祕密。而一旦有了孩子，那麼此時的每一刻，哪怕是最艱困的時刻，也都會幸福；只要是相愛，而且要堅強。這時候，做事會愉快，這時候，偶爾為了留東西給孩子吃而自己不吃，也很愉快。要知道，他們以後真的會因此而愛妳，意思是說，這是妳給自己的儲備。孩子長大——妳感覺到，妳是他們的榜樣，是他們的支柱；等妳死去之後，他們會一輩子保有妳的感覺和思想，因為這是從妳身上獲得的，他們會繼承妳的形與相。意思是說，這是個偉大的職責。這怎麼不能使父母親更緊密相互結合呢？有些人這麼說，有了孩子很沉重？這是誰說的？這是無上的幸福呀！妳喜愛小孩嗎，麗莎？我愛死了。妳知不知道——這樣粉嫩嫩的小嬰孩，吸吮著妳的乳房，無論哪種丈夫都會心向妻子，瞧瞧她是怎麼抱著孩兒坐著！小嬰兒粉嫩嫩、胖乎乎的，伸展四肢躺著享受；小手手和小腳腳鮮嫩多汁的，小小指甲乾乾淨淨，小到看起來好好笑，小小眼睛看起來好像他真的什麼都明白似的。吸奶的時候，還會用小手手抓弄妳的乳房玩樂。父親走過來的話，他會推開乳房，整個身體朝後彎過去張望父親，笑起來——好像真是上帝才知道哪裡好笑——然後他又再度吸起了奶。要是他有長牙的話，他會抓住並緊咬母親的乳房，而他自己則用小小的眼睛斜看她：『妳看看，我在咬了！』當他們三個——丈夫、妻子和孩子，在一起的時候，難道這一切不是幸福嗎？為了這樣的時刻，許多事情都可以原諒。不，麗莎，妳自己得先去學會生活就知道了，之後再去指責別人吧！」

「這些情景，這些情景正是妳需要的！」我暗自想著，儘管我確實是有感而發，但我卻突然臉紅了起來。「如果她突然哈哈大笑，到時候我要鑽去哪裡躲呢？」——想到這點就讓我瘋掉。談到最後的時候，我真的激動起來，現在自尊心好像有點受傷了。沉默持續著。我甚至想去推她一下。

「您好像有點……」她才突然開口又不說了。

但是我已經全明白了：在她的語氣中已經顫抖出一些言外之意，不是像先前那種急躁、粗魯、不讓步的，而是有些溫柔、害羞的，害羞到我自己好像突然在她面前都感到羞愧，感到做錯了什麼。

「什麼？」我親切好奇地問。

「就是您……」

「什麼？」

「您有點……好像是照著書本講。」她說，在她的語氣中突然又聽得出有點像是嘲笑的意思。

我被這個意見痛痛地刺了一下。我沒預料到這點。

我還沒了解，她這故意假裝嘲笑，是害羞又心思純潔的人常見的最後手段，每當有人粗野又糾纏不休地鑽進這種人心裡的時候便如此，他們會直到最後一刻都倨傲不服，會害怕在你們面前說出自己的感覺。她已經因為羞怯有好幾次打算要這麼嘲笑的，最後才決定表達出來，我早該領悟到才對。但是我沒領悟到，一股憤恨的感受籠罩了我。

「就等著瞧吧。」我心想。

7

「欸，夠了，麗莎，這哪裡有什麼書本，是我自己從旁觀察這裡而感到厭惡。而且也不僅是從旁觀察。這一切是在我心裡當下冒出來的……難道，難道妳自己在這裡不覺得厭惡嗎？不，看來，習慣起了很大的作用！鬼才知道，習慣會把人變成什麼。難道妳還當真以為，妳永遠不會變老？永遠都漂亮？永永遠遠都會被收留在這裡嗎？我倒也不是說這裡骯髒……然而，我要跟妳說的是這個，關於妳現在的生活：看妳現在儘管年輕、標緻、漂亮，有誠心，有情感；那，妳知不知道，看我剛剛才清醒過來，發現跟妳待在這裡便讓我立刻感到厭惡！只有在喝醉酒的情況下，才會跑到這裡來。要是妳去其他地方過過看，像善良的人們那樣過生活，那麼我，或許就不是去泡妳，而簡直是會愛上妳，我會因妳的眼神而快樂，更別說是話語了；我會在大門口暗中守候妳，會在妳面前跪立著；像看著自己的未婚妻一樣望著妳，而且引以為榮。我才不敢對妳想一些不乾淨的事呢。而這裡我是知道，只要我吹一吹口哨，不管妳要或不要，都得跟我走，這還不是我要求妳願意，是妳要求我呢。最差的一個男人受雇去打工——他終究也不會讓自己全然受奴役，他知道，他有個期限。而妳的期限在哪裡？只要想想：妳在這裡放棄了什麼？把什麼給人奴役了？靈魂，是妳無權支配的靈魂，被妳拿來跟身體一起受人奴役！妳讓任何一個酒鬼去玷辱自己的愛！愛呀！——這可是一切，這可是金剛鑽，少女的珍寶，就是愛呀！要知道，有人為了要博得這份愛，是準備犧牲生命去赴死的。而妳的愛現在受到多少珍惜？妳一身都是被買來的，整個人都是，當沒有愛而又可以得到妳的一切，那為何還要取得愛呢？對女孩來說，可沒有比這個更嚴重的屈辱了，妳知不知道呀？這裡，我聽說，他們要安撫你們這些傻女人——便允許你們在這裡擁有情人。這不過是一個耍弄，一個謊言，一個對你們的玩笑，而你們卻相信。那位情人他是不是真的愛妳呢？我不相信。假如他知道，人家現在可以從他面前把妳叫走，他要怎麼去愛呢？在這之後他就只會糟蹋人了！他會給妳哪怕只是一點點的尊重嗎？妳和他有什麼共同之處嗎？他會嘲笑妳，更會偷妳搶妳——這就是他全部的愛！若他不打人還算好。也或許會打人。去問問他吧，假如妳有這樣一個男人：問他要不要娶妳？就算他沒吐口水，也沒痛扁妳，也會當著妳的面哈哈大笑起來——而他自己呢，可能全部也不值幾個錢。妳想想吧，為什麼妳要在這裡扼殺掉自己的生活？人家幹麼給妳咖啡喝供妳吃飽飯？人家餵養妳難道不為什麼嗎？要是其他的女孩，正當的女孩，才嚥不下這份吃的，因為她知道人家是為了什麼而餵。妳欠這裡債，就會一直欠，欠到最後，到那些客人開始厭惡妳。而這很快會到來，妳別指望年輕。要知道，在這裡的一切是乘著驛馬般飛逝。人家會把妳趕出去的。還不只是趕出去，而是老早打從一開始的時候就挑剔、埋怨、責罵起來——彷彿不是妳把自己的健康送給老闆娘，白白斷送了青春和靈魂給她，而就是妳把她毀掉，使她淪為赤貧，偷走她東西。妳也別期待援助：妳的其他女性朋友也會叱責妳，才好去巴結老闆娘，因為這裡全部人都被奴役著，早就喪失了良心和同情心。他們一下流卑鄙起來，世上真的就沒有比他們那些辱罵更卑鄙、更下流、更令人難堪的了。妳會在這裡把一切耗費殆盡，一切，除了遺言之外——包括健康、青春、美貌和希望，還有妳二十二歲看起來會像是三十五歲，如果沒得病的話還算好，為了這個妳去求上帝保佑吧。要知道，妳現在恐怕是想，妳沒有工作，就放縱狂歡吧！但世上沒有比這工作更痛苦、更受罪的了，從來都沒有。似乎一整顆心都因淚水而力竭。當妳從這裡被趕走的時候，連一言半語都不敢說，像個罪人似的走掉。妳將會流落到其他地方，然後再到第三個地方，然後又去某處，最終才會淪落到乾草廣場。而那裡，確實會打起人來的，這是當地的款待方式，那裡的客人不敲敲打打一番便不會親熱。妳不相信那裡有這麼令人厭惡嗎？去吧，隨便什麼時候去看看，或許會親眼見到。就有那麼一次在新年的時候，我在那裡看到有個女人在門口。她受自己人嘲笑，被趕出去受凍一會兒，因為她實在哭鬧得太大聲了，門在她身後關上。才早上九點，她就完全喝醉了，衣衫散亂，半裸著身子，遍體鱗傷。她臉上有擦粉，不過帶著黑眼圈；鼻子牙齒流出血來：不知道哪個馬車夫剛剛修理過她。她坐在石階上，兩手拿著一隻鹹魚；她哀號著，有點像是哭訴自己的『歹命』，用鹹魚敲打著石階。聚在門廊旁的一些馬車夫和酒醉的士兵，逗弄著她。妳不相信妳也會變成這樣嗎？我是不願意相信，而妳怎麼知道，或許十年八年前，同樣這個拿著鹹魚的女孩，她從某地來到這裡，清清純純像個小天使，無邪又純真，不知邪惡為何物，聽到每句話都會臉紅。或許，她也曾經像妳這麼高傲、容易見怪，不同於其他人，一副公主姿態似的去看別人，她自己知道，全部的幸福就在期待有一個愛她的人，那位最好也是她所愛的。妳看看，結果怎麼樣？如果在這當下，當她用這隻鹹魚敲打骯髒的石階時，喝醉又衣衫散亂，如果在這一刻，她想起了她從前的一切，那些在父親家裡的純真年代，當她還在上學的時候，有個鄰家男孩在路上偷偷等著她，他承諾自己將會愛她一輩子，會把自己的命運交給她，還有那時他們彼此決定要永遠相愛，等他們一長大就結婚！不，麗莎，假如妳像先前那位女孩一樣得了肺結核，在那裡某個地方，在角落裡，在地窖裡很快死掉的話，那就算幸福了，是妳的福氣呀。妳是說去醫院嗎？好——他們會帶妳去，假如老闆娘還需要妳的話呢？肺結核這種病，可不是發燒熱病。這種病到最後一分鐘，人都還抱著希望，也說自己是健康的。自我安慰而已。而這對老闆娘有利。別擔心，這就是如此；意思是，妳出賣了靈魂，同時還欠錢，也意味著，妳不敢說個不字。而妳將會死掉，所有人會拋棄妳，所有人不再與妳往來——因為還能從妳身上拿到什麼呢？大家還會埋怨妳，說妳白白占了個地方，說妳怎麼不快點死掉。央求喝點水妳都不敢，他們會回妳一陣好罵：『早說過，妳這小賤人什麼時候才要斷氣呀，妳妨礙人家睡覺——哼啊哼的呻吟，客人也會厭惡。』這是真的，我自己私下聽過這類的話。他們會把快斷氣的妳隨便塞到地窖裡最臭的角落，那裡漆黑潮溼；妳一個人躺著，到時候妳會反覆想些什麼？妳死了——人家便匆忙收拾妳，是陌生人動手，還發著牢騷不耐煩——沒有人會為妳祈福，沒有人會為妳嘆息，只想盡快把妳這擔子從肩上卸下。他們會買個大木槽，把妳裝起來搬出去，就像今天他們搬出那個可憐的女人那樣，然後去酒館祈禱安息。墓穴裡是泥濘、垃圾和溼溼的雪——對妳可用不著客氣吧？『放她下去吧，瓦紐哈；看吧，這時候人下去了腳還在上面，**歹命**的女人就是這副模樣。把繩子弄短一點，小鬼。』『好啦，就這樣。』『好什麼好？看看她身子都側到一邊去了。這也曾經是個人不是？唉，算了，你填土吧。』他們也不想為了妳吵來吵去那麼久，盡快用溼溼的青藍色黏土把妳的墓穴填滿，然後去酒館……這裡就是妳在人世間記憶的終點；在其他人的墳墓前，會有小孩、父親、丈夫等人去悼念，而妳這裡——沒有眼淚，沒有嘆息，沒有祈禱亡魂安息，沒有一個人，全世界永遠不會有任何人來妳墳前。妳的名字將從世上消失——這樣，就好像妳根本從沒出現過，也從沒出生過！又是爛泥，又是泥淖的，當死屍們站起身的時候，妳就只能夜夜在那裡敲一敲棺材蓋給自己聽：『放了我吧，各位好人，放我去世上過活吧！我活過——但沒見過生活，我的生活成了抹布，是乾草廣場酒館裡的人們把它給喝酒喝掉了，放了我吧，各位好人，讓我再一次去世上過活吧！……』」

我的情緒激昂到，連喉嚨都快要痙攣了，但……突然間我停了下來，驚恐中稍微抬起身子，膽怯地低下頭，心頭顫抖抖地傾聽起來。我的尷尬是其來有自的。

我早已預感到，我會把她整個靈魂給翻一翻，讓她心碎，還有，我越是得到證實，就越想趕快並盡可能更強勢達成目的。遊戲，遊戲使我著迷；然而，這不只是一場遊戲……

我知道我說得不太順，修辭奇怪，甚至用語很書面，簡單說，只能「像是照書本講的一樣」，用其他方式我還說不出口呢。但這不讓我尷尬；我是知道，我有預感大家會理解我，而這書面用語本身可能也對這事更有助益。但是，現在達到效果後，我又突然膽怯了。不，我從來沒有，從來都沒親眼見過這般絕望！她俯臥著，兩手緊緊抱著枕頭把臉藏在裡面。她的胸部起伏急遽，一身的青春肉體顫抖著，像是痙攣似的。壓抑在胸中的悲泣令她難受、痛楚不已，突然間一陣哀號吶喊迸發而出。那時候，她更是緊緊貼著枕頭：她不想有任何人在這裡，哪怕只有一個活生生的人，得知了她的痛楚和淚水。她咬枕頭，還把自己的手咬出血來（我後來才看到），不然就是用手指緊抓她那鬆開的髮辮後，就這樣憋著氣，咬著牙，用力僵住不動。我想開口跟她說點什麼，請她平靜下來，但是我覺得自己說不出口，突然間，我不知怎麼全身打著寒顫，幾乎是恐懼地摸索著往外的路，草率地趕忙出去。但房間很暗：無論我怎麼努力，都無法快點走到房間另一端。突然我摸到一個火柴盒和附有整枝新蠟燭的燭台。只不過光線照亮房間後，麗莎就突然跳起來，她坐起身，帶著一副扭曲的臉孔和有點不太正常的微笑，幾乎無意識地望著我。我坐在她旁邊，抓起她的手；她清醒了過來，撲向我，本想要抱住我，但是不敢，於是默默在我面前低下了頭。

「麗莎，我的朋友，我不該……妳原諒我。」我開口。但她把我雙手緊壓在自己的手指間，壓得這麼用力，讓我猜到我說得不恰當，便住口不說了。

「這是我的地址，麗莎，來找我。」

「我會去……」她堅定地喃喃低語，依然不抬起自己的頭來。

「那我現在要走了，別了……再見。」

我站起來，她也站起來，突然她整個人臉紅了起來，顫抖了一下，抓起放在椅子上的披巾，幫自己從肩膀圍到下巴下面。披好之後，她再度有點不正常地微笑，臉紅著詭異地看我一眼。我感覺不舒服，急忙離去，慌張溜走。

「等一等。」她突然說，我已經到前廳門口時，她伸手抓住我的外套攔下我，匆匆放下蠟燭便跑掉——看來，她想起了什麼事情，還是想要拿什麼東西給我看。她整個人紅著臉跑開，眼睛閃閃發亮，嘴唇上掛著微笑——這該是怎麼回事呢？我不由自主地等著；她一分鐘後回來，一副彷彿在請求原諒什麼似的眼神。簡單說，這已經不像是先前的那張臉，不像是那副陰鬱、多疑、固執的眼神。現在她的眼神是懇求又柔和的，同時還帶有信任、親暱和羞怯。小孩子就是這麼看那些他們非常愛的人，還有他們有所求的人。她的眼睛是淡褐色，一雙美麗的眼睛，生動得能夠在其中反映出愛和陰鬱的恨。

她什麼也沒對我解釋——彷彿我像是某種高級生物，無須解釋就該知道一切——只遞給我一張紙片。她整張臉在這一瞬間就這麼容光煥發，露出極為天真、幾近孩童的得意。我打開紙片。這是給她的一封信，由某個醫科大學生或這一類人寫的——是一段愛情告白，辭藻非常華麗、修飾過度，但是語氣極度恭敬。現在我記不得那些詞語，但我記得非常清楚，那是透過高雅的文體表露出一種你造假不了的真摯情感。當我讀完後，便見到她那急切、好奇、孩子似的不耐眼神望著我。她一雙眼睛盯著我的臉，迫不及待——看我要說什麼？在對我解釋的幾句話裡，她語氣匆忙但似乎有點高興又彷彿驕傲地說，這是她在某個舞會中，在家族親戚的一間房子裡，那裡有一些「非常非常好的人，**已經有家眷的人**，其中**仍沒有人知道**她的事，完全沒有」——因為她才剛到這裡不久，才這麼……而根本還沒決定要留下來，一旦她把債務還清就一定會離開……「就是在那裡出現這位大學生，他整晚跟她跳舞、說話，顯然，他人還在里加的時候，還是小孩子的時候就跟她認識，一起玩耍過，只是真的非常久了——他還認識她的父母，但**關於這件事**，他一丁點都不知道，也沒懷疑！就這麼在舞會的隔天（三天前），他透過一位跟她共赴舞會的女性朋友，送交這封信過來……然後……全部就是這樣了。」

當她講完這段故事的時候，似乎有點害羞地低下自己那雙閃亮的眼睛。

真是可憐的她，保存了這位大學生的信，當成寶貝似的，還趕緊去找出這個自己唯一的寶貝，不希望我離開的時候，卻不知道還是有人真心誠意地愛著她，而且還有人會尊重地跟她說話。或許，這封信就這麼注定毫無結局地被一直擱在匣子裡。但無所謂；我相信，她會一輩子將它當作寶貝般珍藏，視為自己的驕傲和辯解，因而現在這一刻，她自己回想起來，並拿來這封信，以便在我面前天真地引以為傲，在我眼中恢復她的自信，同時要讓我看見，讓我稱讚。我什麼都沒說，握了她的手便走出去。我是多麼想要離開……我步行走過整條路……儘管溼溼的雪仍舊一團團地紛紛落下。我疲憊不堪，心情沉重，感到莫名困惑。但是，這莫名困惑之中已經閃露出真理。卑鄙的真理！

8

不過，我沒有很快肯承認這個真理。次日早晨，在數小時深深沉沉的睡夢中醒來之後，我便立刻弄清楚昨天一整天的事，我甚至對昨天跟麗莎的**感傷情緒**，以及對「昨天這一切的恐怖與同情」，覺得很驚訝。「難道就要忽然冒出這種婦人般的神經衰弱嗎，呸！」我確切地說。「還有我硬塞我的地址給她，這是幹什麼？如果她來了要怎樣？不過，就讓她來也好；沒什麼……」但是，**顯然**，現在主要和最重要的事情並不在此，而是：必須趕緊，而且無論如何都要盡快去挽救我在茲維爾科夫和西蒙諾夫心目中的名聲。這才是主要的事情。而關於麗莎，在我勞碌奔波之後，這天早上我甚至完全忘記她了。

最要緊的是，必須馬上還昨天欠西蒙諾夫的錢。我決定採取最極端的方式：去跟安東・安東諾維奇借整整十五盧布。好像故意如我所願似的，這天早上他的心情好極了，一開口要求他便立刻借我。我對此是這麼高興，以致於簽著字據時，還帶著一副有點豪邁的神情，同時**不經意地**告訴他，說昨天「我跟朋友們去巴黎酒店飲酒作樂；為一位同學送行，甚至可以說，是小時候的朋友，還有，您知不知道——他是個很會飲酒作樂的人，被嬌縱慣了——嘿，毫無疑問，他有好家世、可觀的財產、亮眼的職業，人機智又可愛，把那些女士耍得團團轉，您明不明白：他們喝掉了額外的『半打酒』，還……」本來就沒什麼；這一切說得非常輕鬆、放肆又得意。

回到家，我立刻寫信給西蒙諾夫。

一想起我這封信中那種真格的紳士氣質、和善又誠懇的語調，我到現在仍欣賞不已。我巧思又高貴地，但重要的是毫無贅語，把一切都怪到自己身上。我辯解，「如果還能被允許再次辯解的話」，理由是，因為我完全不習慣喝酒，從第一杯酒開始便醉了，這杯酒我（好像）還是在他們來之前就喝了，當我在巴黎酒店從五點等他們等到六點的時候。我最先是請求西蒙諾夫的原諒，再來是請他把我的解釋轉告其他所有人，尤其是茲維爾科夫，這個人，「我一想到就像在作夢似的」，似乎是被我凌辱了一番。我補充，我自己本該要去找所有人的，就是頭痛，而更糟的是——覺得慚愧。我特別滿意處於這種「有點輕鬆」，甚至差不多是隨便的態度（不過仍是十分有禮的），這種態度突然呈現在我的筆下，更勝於全部可能的理由，會馬上讓他們了解，我把「昨天這一切的卑鄙行徑」視為相當獨立的個案；我完完全全不會被一下打死，如同你們各位先生想當然的那樣，而是相反，我就像個自重的紳士那樣，該會平靜看待這種事。人家不是常說，別拿舊事責好漢。

「這甚至像是某種侯爵式的把戲？」我欣賞著，一再重讀這封信。「全都是因為我是個文明又有教養的人！要是其他人站在我的立場，可不知道要如何擺脫困境，而我這就脫身了，再次讓自己可以縱情吃喝，全都是因為我是『當代之中有教養又文明的人』。是真的，大概昨天所發生的一切都是因為酒的關係。嗯……才不，不是因為酒。從五點到六點當我等他們的時候，伏特加我可是一滴都沒喝。我騙了西蒙諾夫；沒良心地撒了謊；連到現在還不覺慚愧……」

不過，管他的！重要的是，擺脫掉了。

我把六盧布放進信中，蓋上封印，請阿波隆送去給西蒙諾夫。當阿波隆得知信裡有錢，他顯得恭敬了些，並答應走一趟。傍晚我出去散散步。我的頭還在痛，從昨天發暈到現在。但是夜越是深，昏暗顯得越是沉厚，我的印象就越變越模糊，隨之而來的是思索。在我的身體裡面，好像有什麼東西還沒死掉，在心靈與良知的深處，它不想要死去，表現出一種令人傷痛的憂愁。我更多時候是擠進人群最多、發展最盛的街道逛著，在幾條市民街①、花園街和尤蘇波夫花園②那裡。我總是特別愛在黃昏時刻來這些街道走走，正當那裡的人群變多的時候，有各式各樣的路人、各行業的生意人和做手工藝的人們，掛著一副副憂心以至氣憤的面容，帶著一天的工資四散回家。我喜歡的正是這種微不足道的瞎忙，這種厚顏無恥的平庸。這一次，街頭街尾的推推擠擠更是令我情緒激憤。我無論如何都無法按捺住自己，也摸不著頭路。心裡有某種東西爬了上來，疼痛地不斷爬上來，不想要平靜下來。我十分不愉快地回到家裡。這就像是在我心底擺了個什麼犯罪念頭似的。

我持續被麗莎要來訪的想法給折磨。我覺得奇怪，在所有這些昨天的回憶中，回想

---

①當時這裡有大市民街（現稱喀山街）、中市民街（或第二市民街，現稱公民街）與小市民街（或第三市民街，現稱國庫街），皆位於彼得堡市中心格里博耶多夫運河中段的北側。其中，小市民街是杜斯妥也夫斯基當時的居住地，一八六一至六七年他三度在這條街上租屋生活，這個地區是他創作中的重要場景。

②花園街和尤蘇波夫花園，這兩地位於格里博耶多夫運河中段的南側。

到她的地方好像最特別，好像完全獨立地折磨著我。到傍晚，我已經完全忘了全部其他的事，手一揮就不管了，心裡依舊對我給西蒙諾夫的信感到十分滿意。但是這裡，我好像有點確實不太滿意。彷彿我就被一個麗莎給折磨著。「如果她會來怎麼辦？」我不斷地想。「那又怎樣，沒關係，就讓她來吧。哼，糟糕的就只有一點，她會看到，比如說，我是怎麼過生活的。昨天我在她面前表現出一副這麼……英雄模樣……而現在，哼！不過，我如此邋遢墮落倒也真糟糕。簡直是赤貧人家的住所。我昨天竟敢穿這種服裝去餐宴！看我那張漆布沙發，內裡纖維都露出來了！看我那件家居長罩衫，可不能用那來遮掩什麼！一些破爛東西……她將會看到這一切，連阿波隆她也會看到。這個畜生，想必他會欺負她。他會找她麻煩，為了要做出無禮的事情給我難堪。而我，毫無疑問，照樣會膽怯，我會開始在她面前碎步走來走去，用長罩衫下襬遮掩，開始微笑，開始撒謊。唔，真糟糕！而最糟糕的還不是在這裡！這裡還有某種更重要、更卑鄙、更下流的東西！對，更下流！又再一次，再次得戴上這張可恥又虛偽的面具！……」

想到這點，我就一下子火大了起來：

「為什麼可恥？什麼樣的可恥？我昨天說得很真誠。我記得，在我心裡的也是真正的情感。我正是想要喚起她內心的高尚情感……如果她哭了，那麼很好，這便是起了良好的作用……」

但我終究怎樣都無法平靜下來。

這一整個晚上，當我回到家，已經九點過後，那個時間依我推測，麗莎怎麼都不會過來了，而我卻始終錯覺看到她，主要是，我回想起的她是一直維持著一模一樣的姿勢。昨天一整天之中恰好有一個時刻，引起我特別鮮明的想像：就是當我用火柴點亮房間，看到她那張臉龐蒼白扭曲且眼神痛苦的時候。那一刻掛在她臉上的是多麼可憐、多麼不自然、多麼扭曲的微笑！但我那時候還不知道，十五年後，我仍舊會想起麗莎正是因為那個笑，那一刻掛在她臉上的那個可憐、扭曲又不必要的笑。

隔天，我已經再次準備好把這一切當成胡思亂想，當成神經衰弱，而主要是——當成**誇大其辭**。我總是會意識到我這根脆弱的小心弦，有時候非常害怕它：「我總是誇大一切，這就是我的缺陷。」——我時時刻刻提醒自己。但是，不過，「不過，麗莎大概終究會來的。」——這便是我當時所有推論結尾的重複句子。我內心不安到有時候會瘋掉。「她會來！一定會來！」我在房間裡快步走來走去大喊著，「不是今天，那就是明天會來，她真會找過來的！所有這些**純潔心靈**所懷抱的浪漫主義就是這麼該死！這些『有毒害的、多愁善感的心靈』所表現出來的，噢，真是卑劣、愚蠢又膚淺！嘿，怎會不了解，似乎，可真不了解呀？……」——但想到這裡我自己打住了，甚至還感到心慌不已。

「還真少，真少，」我順便想到，「為了要立刻把全人類的心靈依個人意志翻一翻，所需要講的話、所需要的田園詩還真少（而且這田園詩是假冒的、脫離現實的、編造出來的）。這就是童貞的純潔！這就是土地的清新啊！」

偶爾，我會冒出去找她的想法，並「向她全盤托出」，然後求她答應別來找我。但一有這種想法時，我心中又會升起這般怨恨，似乎我真想就這麼掐死這個該死的麗莎，如果她突然出現在我身邊的話，我還想凌辱她，吐她口水，趕她走，打她！

然而，一天又一天，過了第三天——她沒來，我便開始安心。尤其九點之後當我精神奕奕又睡意盡失的時候，甚至偶爾開始幻想，還想得相當甜美：「比如說，我在拯救麗莎，正是她常常來找我，而我跟她說話……我開導她，教導她。我最後發現她愛我，熱烈地愛著。我假裝不明白（不過我不知道是為什麼要假裝，這大概是為了要裝飾我的人品）。終於，她整個人又羞又美的，顫抖又痛哭，撲到我跟前，說我是她的救星，說她愛我勝於世上的一切。我感到驚訝，但是……『麗莎，』我說，『難道妳認為我沒注意到妳的愛？我全都看見了，我猜到了，但是我不敢先侵占妳的心，因為我對妳有影響力，我也害怕，妳會出於感恩而故意逼自己回應我的愛，妳強行給自己激起一份或許不存在的情感，而這個我並不想要，因為這是……蠻橫霸道……這不夠委婉客氣（嘿，簡單說，我在這裡胡言亂語，用一種這麼歐洲式、喬治・桑①式、難以言喻的高貴的微妙心思……）。但現在，現在——妳是我的，妳是我的創造物，妳純潔又美麗，妳——是我美麗的妻子。

『勇敢自在入我房
宛如正妻進門來！②』

「隨後我們開始過著幸福快樂的生活，出國遊玩等等的。」簡單說，自己變得下流

①喬治・桑（George Sand, 1804-1876），法國浪漫主義女性作家。杜斯妥也夫斯基從學生時代便喜歡讀喬治・桑的作品，並在自己創作生涯初期嘗試翻譯過，但後來未出版。

②本詩出自涅克拉索夫，即第二篇題詩的末兩句，見本書第七十二頁譯注。

了，我用這話自嘲來做結束。

「他們才不會放她那個『賤女人』出來！」我想。「畢竟她們，似乎不常被放出去走走，更別說晚上了（我不知道為何篤定覺得，她應該會在晚上來，而且剛好是七點）。不過，她說過，她說過，她還沒完全變成那裡的奴隸，還有一些特別的權利；這意味著，哼！見鬼吧，她會來的，一定會來！」

還好，我這個時候還有阿波隆，他的粗魯行為會給我解悶。他使我失去最後一點耐心！這個人是是上天降給我的禍端、災難。我跟他老是彼此譏諷，一連好幾年，我恨他。我的上帝，我多麼恨他呀！我這輩子好像還沒有恨誰像恨他那麼深的，特別在某些時刻。他人已經上了年紀，傲慢，做點裁縫。但不知道為什麼他看不起我，甚至超越了一切尺度，他看我總是一副令人難以忍受的高姿態。不過，他對所有人也都這麼高姿態。只要看一眼這顆髮色淡黃、梳得平整的頭，看看額前這一綹他自己拍鬆、抹了點植物油的雞冠頭髮型，看看這豐實的嘴唇，總是疊成「三角嘴」①的形狀——你們就會感覺到，在你們面前是這麼一個從來不會懷疑自己的生物。這是最高等級的迂腐學究，是我在世上所見過最大的一個迂腐學究；同時，他還具有亞歷山大大帝才有的無比自尊。他迷戀自己的每一顆鈕釦、每一片指甲——一定是迷戀，他才會用那種眼神看！他對待我完全霸道，極少跟我說話，如果他有時候看一下我，那麼也會用堅定、自信滿滿又不斷嘲笑的眼神看著，有時候這會弄得我發狂。他履行自己的職務，用一副彷彿施予我極大恩惠的姿態。不過，他幾乎根本什麼都沒為我做，甚至完全不認為自己有義務去做點什麼。不容置疑的是，他把我當成全世界最蠢的一個傻瓜，如果他「把我強留在自己身邊」，那只有唯一的理由，就是可以從我身上拿到每個月的薪水。他同意在我這裡「什麼也不做」，然後一個月領七盧布。因為他，我會原諒許多過錯。有時候搞得讓人痛恨到，一聽到他的腳步聲就讓我差點要抽筋的地步。但我尤其厭惡他的嘟嘟囔囔。他的舌頭比起正常人的稍微過長，或者有什麼類似的毛病，因此他發音一直口齒不清，唏嘶不分，他似乎還非常以此為傲，想像成這會增添他無比的尊嚴。他說話輕，從容不迫，兩手後背，兩眼俯視地下。當他有時候在隔牆自己那邊讀起《詩篇》②，特別讓我氣得發瘋。由

①原文用古斯拉夫字母中最後一個字母「v」。

②指《舊約聖經》中的《詩篇》，斯拉夫正教有為亡者朗讀《詩篇》的習慣，從人過世到下葬前這段期間要不間斷地朗讀《詩篇》，作為一種慰靈的儀式。

於他這朗讀，我經受了許多內心交戰。但是他極愛在傍晚讀，用輕盈平穩的聲音，拉長聲調，彷彿是讀給死者聽。有趣的是，他後來離開我之後，就是去做這類工作：現在他受雇讀《詩篇》給亡者聽，同時又兼職殺老鼠做黑鞋油。但在那時候我無法趕走他，彷彿他已經與我的存在產生化學作用融合在一起。況且，他自己無論如何也無意離開我。我無法生活在那種附家具的套房①裡：我的公寓是我的獨棟大宅，是我的殼，是我的匣子，我藏身在裡面躲避所有的人，而阿波隆，鬼才知道為什麼，讓我覺得他是附屬於這棟公寓的東西，我整整七年都無法趕他出去。

若遲付他的薪水，比如說，就算只是兩三天都不可能。他真的會幹出讓我無地自容的事情。但是在這種日子，我痛恨所有人到讓我下定決心去**懲罰**阿波隆，也不清楚原因何在，就是想再拖兩個禮拜才給他薪水。這打算有很久了，大概兩年前，我就想要這麼做——僅僅要向他證明，他別敢對我這麼高傲，還有如果我想要的話，那麼我永遠都可以不給他薪水。我決定不跟他談這件事，甚至故意沉默，好壓制他的驕傲，逼他自己先開口要薪水。那時候，我就從抽屜裡拿出整整七盧布，亮給他看，錢我是有的，是故意擱在一旁，我就是「不想，不想，就是不想發薪水給他，不想，因為**我就是想這樣**」，因為這是「我作為主人的意志」，因為他無禮，因為他是個粗人。但要是他禮貌地請求，那我大概會心軟給他；不然他就再等兩個禮拜，等三個禮拜，等一整個月……

但無論我多壞心，他最終還是贏了。我連四天都堅持不住。他以他在類似情況下常採取的手段開始行動，因為類似的情況經常發生，我們也常相互試探（而我發現，我早就了解一切，我徹底了解他的下流手段），他就是這麼開始：用異常嚴厲的眼神盯著我，而且連續好幾分鐘都不移開，尤其是他迎接我進門或送我出家門的時候。假如，比如說，我一直堅持住，並假裝沒發現這些眼神，他會依舊沉默地進行接下來的虐待折磨。當我在房內走來走去或者讀書時，他往往會突然不明不白悄悄穩穩地走進我房間，停在門口，一手擱在背後，一腳往外伸一些，眼神盯著我看，已經不是之前那種嚴厲的，而是完全輕蔑的眼神。如果我突然問他需要什麼——他什麼也不答，只繼續凝視著我好幾秒鐘，然後好像有點特意緊閉嘴唇，一副寓意深遠的表情，緩緩原地轉過身，緩緩走開回自己房去。過了大概兩個鐘頭，他會突然再度走出房間，再度以同樣模式出現在我面前。有時候，我被逼到發瘋，便也不去問他需要什麼了，而我就只是猛然地且帶有命令

①原文用法文「chambres garnies」的俄文音譯。

意味地抬起頭，也開始凝視他。我們這樣互看，往往來回差不多兩分鐘；最後他緩慢高傲地轉身，然後再兩個鐘頭又會過來。

如果我仍舊沒有被這個啟發，而繼續反抗的話，那麼他就會突然望著我嘆起氣來，又深又長地嘆息，彷彿要用這一嘆，來衡量我的道德墮落到多深的程度，而且毫無疑問，這事最後還是以他完全戰勝告終：我發狂也好，大吼也好，但關於薪水的事，我終究得發給他。

就在這次，那平常慣用的「嚴厲眼神」的手段才剛要開始，我便立刻失去控制，發狂地衝向他去。我實在太過氣憤，更勝以往。

「站住！」我氣憤若狂地大喊，這時他正緩慢沉默地轉過身，一手擱在背後，打算回自己房間，「站住！回來，回來，我有話跟你說！」然後，可能我這麼不自然地吆喝，讓他轉過了身來，甚至帶著點驚訝仔細打量起我來。不過，他繼續不說一句話，而這又激怒了我。

「你怎麼敢不問就進我房間，還敢這麼看著我？回答？」

但是他平靜地看著我大約半分鐘後，再度要轉過身去。

「站住！」我大吼起來，跑向他，「別動！就這樣。現在回答：你進來看什麼？」

「如果現下您有什麼要吩咐的就說，不然我要去做我的事了。」他再度沉默一會兒後回答，輕聲地、從容不迫地、口齒不清地說著，挑起眉毛，平靜地把頭在兩肩之間彎來彎去——而且以一種驚人的平靜做著這一切。

「不是這個，我問你的不是這個，劊子手！」我大喊起來，氣得發抖。「我告訴你，劊子手，你是為了什麼來這裡：你有沒有看見，我不給你薪水，是你自己驕傲不想低頭，也不想請求，還有你為了要用自己那愚蠢的眼神來懲罰我，折磨我，你不想——想看，劊子手，這是多麼愚蠢，愚蠢，愚蠢，愚蠢，愚蠢！」

他再度沉默地要轉過身子，但是我抓住他。

「聽著，」我吼他。「錢在這裡，有沒有看見；錢在這裡！（我把錢從小桌裡拿出來）整整七盧布，但是你得不到它們，在你還沒有恭恭敬敬地過來認錯、請求我的原諒之前，一直都得——得不到。聽到嗎！」

「這樣是不可能的！」他回答，帶著某種超乎尋常的自信。

「可能的！」我大喊，「我向你發誓，可能的！」

「我沒必要向您請求原諒，」他接著說，好像完全沒留意到我的叫喊，「因為是您罵我『劊子手』，就這點我隨時可以去警察局告您侮辱我。」

「去啊！去告啊！」我吼叫起來，「現在去啊，這一分鐘就去，這一秒鐘就去！而你始終還是劊子手！劊子手！劊子手！」但他只是看了我一眼，然後轉過身，已經不聽我的呼喚叫喊，頭也不回從容不迫地回到自己房去。

「要不是麗莎，也不會有這種事！」我暗自想定。之後，我傲然又鄭重地站了差不多一分鐘，但心跳緩慢而強烈，我自己過去屏風後面找他。

「阿波隆！」我語帶停頓輕聲地說，但同時喘著氣，「你立刻去一趟管區警察那裡，一刻也不要拖延。」

他那時候原本已經坐在桌前，戴上了眼鏡，拿著什麼東西在縫。但是聽到我的命令後，突然噗哧笑出來。

「現在，這就馬上去啊！——去啊，否則後果你無法想像！」

「您真的精神不正常，」他說，甚至沒抬頭，就這麼口齒不清緩緩地說，繼續穿縫針線。「哪裡有見過這種，自己找自己麻煩去叫警察的？想是害怕的話——您就別白費力氣大聲嚷嚷了，因為——什麼事都不會發生的。」

「去啊！」我尖叫，抓住他的肩膀。我感覺我現在要打他。

但是，在這一瞬間我卻沒聽見，前廳那邊的門是怎麼突然悄悄緩緩地打開，並走進來一個人，疑惑地停下腳步，仔細瞧起了我們。我看一眼，一下子羞得呆住，隨即衝回我的房裡。在房裡，我兩手抓著自己的頭髮，頭倚著牆，就以這個姿勢僵著不動。

過了兩分鐘左右，傳來阿波隆的緩慢腳步聲。

「那邊有**一個女的**要找您。」他特別嚴厲地望著我說，然後退到一邊並讓過給那位——是麗莎。他不想離開，嘲笑地打量著我們。

「走開！走開！」我倉皇失措地命令他。就在這一刻，我的時鐘使勁地、低聲沙沙響地敲了七點鐘。

9

勇敢自在入我房
宛如正妻進門來！

——涅克拉索夫的同一首詩

我站在她面前，絕望得要死，蒙受了恥辱，令人厭惡地尷尬，似乎我還在微笑，盡全力用我的蓬亂棉罩衫下襬努力將自己遮掩——嘿，就像不久前精神衰弱時想像的情形一模一樣。阿波隆在我們面前站了兩分鐘左右便離開，但我並不覺得有輕鬆一點。更糟糕的是，連她也突然不好意思起來，尷尬到甚至是我沒預料到的程度。毫無疑問，她在看著我。

「坐。」我下意識地說，拉給她一張桌邊的椅子，自己則坐在沙發上。她立刻聽話坐下，張大眼睛望著我，顯然正期待著我什麼。就是這種期待的天真搞得我發瘋，但我克制住自己。

這時候，真想盡量什麼也不去注意，彷彿一如往常，而她……我還不安地感覺到，她將會**為了這一切**付出昂貴的代價給我。

「妳剛好碰上我處境奇特的時候過來，麗莎。」我開口結結巴巴說著時發現，偏偏不該這麼開場白。

「不，不，別多想什麼！」我看到她突然臉紅後大喊，「我不以我的貧窮為恥……相反的，我驕傲地看待我的貧窮。我雖然窮但是高尚……貧窮和高尚是可以並存的，」我喃喃說著。「不過……妳想喝點茶嗎？」

「不……」她開口了。

「等等！」

我跳起來跑去找阿波隆。得找個地方避一下。

「阿波隆！」我把始終握在拳頭裡的七盧布丟到他面前，開始又急又快地低聲說，「這是你的薪水，看吧，我給你了，但同時你得要救救我：馬上去小飯館帶點茶和十片麵包乾回來。如果你不想去的話，那你可就讓一個人遭殃了！你不知道，這是個什麼樣的女人……這是——一切啊！或許你想到什麼地方去了……但是你不知道，這是個什麼樣的女人！……」

阿波隆已經坐下忙了一陣子工作，也已經再戴上眼鏡，他起先沒放下針，不發一語地斜視著那些錢；然後，一點都不注意我，也什麼都不回應我，還是繼續忙著穿針引線。我在他面前等了有三分鐘，學拿破崙的①姿勢兩手交叉胸前站著。汗水溼了我的雙鬢，我的臉色發白，我感覺到這點。但是感謝上帝，大概他可憐起我來，望著我看。他結束自己的針線活，緩緩地欠欠身子，緩緩地挪開椅子，緩緩地摘下眼鏡，緩緩地逐一清點錢，最後他臉也不側地問一旁的我：要帶一整份嗎？便緩緩地走出房間。在我走回麗莎那裡的半路上，我冒出了一個念頭：要不要這樣逃跑算了，就穿一身罩衫，隨我看到哪裡可去就去那，然後任由天命吧。

我再度坐下。她不安地望著我。我們沉默了好幾分鐘。

「我要殺了他！」我突然大喊，使勁用拳頭敲桌子砰的一響，因此讓墨水瓶裡的墨水濺了出來。

「啊，您這是幹麼呢！」她打了一下哆嗦，大喊。

「我要殺了他，要殺了他！」我敲一下桌子，尖聲叫著，氣到完全發狂，我也完全了解在這種時候，如此氣到發狂是多麼愚蠢。

「麗莎，妳不了解，這劊子手對我來說是個怎麼樣的東西。他是我的劊子手……他現在去買麵包乾；他……」

突然我眼淚四溢。一陣情緒爆發出來。在嗚咽聲之中我感到多麼羞愧，但是我真的無法忍住。她驚嚇到了。

「您怎麼了！您這是怎麼了！」她不停喊著，在我身旁慌張起來。

「水，給我一點水，就在那裡！」我聲音虛弱喃喃道，不過內心意識到，我應該沒有水也非常行，應該也不至於會聲音虛弱到喃喃低語。但是為了挽回面子，我像人家所說的**裝腔作勢**起來，儘管情緒爆發並不假。

她給了我一些水，倉皇失措地望著我。這時候，阿波隆帶了茶回來。我突然感覺到，這種普通平淡的茶水極不體面，在發生這一切之後顯得卑微，我因而臉紅起來。麗莎甚

①原文用法文「à la Napoléon」。

至驚訝地望著阿波隆。他看也不看我們便走了出去。

「麗莎，妳看不起我嗎？」我凝視著她說，等不及想知道她的想法而發抖。

她覺得不好意思，什麼也沒能回答。

「喝茶！」我凶巴巴地說。我氣我自己，但毫無疑問，該氣的應該是她。對她一股可怕的怨恨突然滿心沸騰起來，似乎就真想殺掉她。為了報復她，我心裡發誓要一直不跟她說話，一句話也不說。「她就是造成這一切的原因。」我心想。

我們的沉默已經持續了大概五分鐘。茶放在桌上，我們都沒碰它，而我還做到這種地步：故意不想先喝，這樣是為了使她更加為難——她自己可不好意思先喝。她有幾次一臉憂傷的疑惑看著我。我堅定地保持沉默。最大的受害者當然是我自己，因為我徹底意識到，在我滿懷惡意的愚蠢中所有令人厭惡的下賤性格，而同時間我又無論如何都無法克制自己。

「我想要……從那裡……永遠離開。」她開口說話，設法打破沉默，但是可憐的女孩呀！就是沒必要從這一點說起，還在這種沒有比這更愚蠢的時刻，對我這種沒有比我更愚蠢的人說。由於同情她的笨拙和沒用的直率性格，我甚至心酸了起來。但是有某種醜陋不像樣的東西，立刻把我內心所有的同情給撲滅掉，甚至還更加挑釁我：去讓世界的一切都完蛋吧！又過了五分鐘。

「我沒有妨礙您吧？」她害羞地開口，話聲勉勉強強聽得見，然後她站起身來。

但是，我一看見這個自尊受辱的心靈頭一回情緒那麼激動，我就恨得發起抖來，火氣也立刻上來了。

「妳為什麼來找我，請妳告訴我？」我氣喘吁吁地開口，甚至不思索我話中的邏輯性。我想要把所有的事情一口氣說完，我甚至不去管要從哪裡開始講。

「妳幹麼要過來？回答呀！回答呀！」我大喊，差點失態。「我來告訴妳，大姐，妳幹麼要過來。妳過來是因為，我那時候跟妳說了些**哀怨的話**①。妳就這麼深受感動，還想再聽聽那些『哀怨的話』。那妳是知不知道，知不知道我那時候是在嘲笑妳。我現在也在嘲笑。妳發什麼抖？對，我是在嘲笑！我在那之前被人家凌辱，在餐會的時候，就是那時候在我之前到達的那些人。我去你們店裡，是要把他們其中一位軍官給揍扁；

---

①字面下的意思指「道德訓話」，典故出自岡察洛夫的小說《奧勃洛莫夫》，其中一段僕人扎哈爾將老爺的道德訓話當作是哀怨的話而大受感動。——俄文版編注

但是不成，沒遇上，必須要找個什麼人來遷怒我的委屈，要回自尊，妳恰巧碰上了，我便對妳發洩憤恨又嘲弄。人家侮辱了我，因此我也想這麼侮辱人；人家把我揉成了抹布，我也想就這麼展現權力……就是這麼一回事，而妳還以為，我那時候是特意去拯救妳是嗎？妳這樣想嗎？妳這樣想嗎？」

我知道，她或許會搞不清狀況，不了解其中細節；但我也知道，她非常優異地了解重點所在。就是這樣發生了。她臉色蒼白得像手帕似的，想要說點什麼，她的嘴唇痛苦地扭曲，但是她彷彿被人用斧頭給砍倒，跌落在椅子上。然後她始終張著嘴巴、瞪大眼睛、極度恐懼得顫抖著聽我說話。厚顏無恥呀，我話裡的厚顏無恥勒死了她……

「拯救！」我從椅子上跳起來，在房間裡在她的面前快步走來走去，接著說，「要從何拯救！我自己，可能比妳還糟呢。當我向妳說教時，妳怎麼不衝著我的面直說：『你呀，我說，自己又幹麼來找我們呢？是要來道德說教嗎？』是權力，我當時需要權力，需要遊戲，需要得到妳的眼淚，要侮辱，還要妳的歇斯底里——這就是我當時需要的東西！我畢竟自己當時沒忍受住，因為我是個廢物，驚嚇過度，鬼才知道我幹麼一時糊塗給了妳地址。就這樣我後來還沒到家之前，我為了這個地址真是把妳給痛罵得非常厲害。我真的恨妳，因為我那時候對妳說謊。因為我只是在言語上玩弄，在腦袋裡做夢，而我實際上需要的，妳知道是什麼：是要讓你們消失無蹤，就是這樣！我需要平靜。我是為了要讓我不受騷擾，這當下我可以為了一戈比就出賣全世界。是讓世界毀滅呢，還是讓我不能喝茶？我會說，讓世界毀滅，是為了讓我永遠能喝茶。這點妳是知不知道？嘿，我就是知道，我是卑劣小人，下流胚子，自私自利的人，懶人。因為害怕妳要來，我這三天就一直發抖。那妳知不知道，這整整三天特別令我不安的是什麼？就是我當時在妳面前一副英雄姿態，而這下子妳突然看見我身穿這件破爛的罩衫，看見我赤貧又卑鄙的模樣。我不久前跟妳說過，我不以自己的貧窮為恥；這妳要知道，我覺得可恥，可恥極了，害怕極了，遠比起我偷了東西還害怕，因為我愛慕虛榮，嚴重到彷彿我的皮被剝了下來，連一點氣息吹來我都會痛。難道妳真的甚至到現在還沒猜到嗎？我永遠不原諒妳，是因為妳剛好撞見我穿著這身罩衫，那時的我像一隻凶惡的小狗似的衝向阿波隆。這位拯救者，過去的英雄，像一隻不中用的、長毛蓬鬆的雜種狗，衝向自己的僕人，而那僕人卻還嘲笑他！不久前我像個羞愧的村婦似的，在妳面前克制不住而落淚，這點我永遠不會原諒妳！還有，現在我向妳坦白的這些，也是我永遠不會原諒**妳**的！對——是妳，妳一個人應該要為這一切負責，因為妳就這樣撞見了，因為我是卑鄙小人，因為我是世界上所有無用小蟲之中最卑鄙，最可笑，最卑微，最愚蠢，最會嫉妒的，牠們一點都沒有比我好，但是牠們，鬼才知道為什麼，從來不會感到羞愧；而我就這樣一輩子都會從各式各樣的蝨子卵那裡受辱——這也是我的特點！妳一點都不了解這個，又干我什麼事！妳會不會死在那裡，干我什麼什麼，干我什麼事呀？妳了不了解，我現在跟妳說了這些後，我會恨妳，因為妳人在這裡，還有妳聽到了？畢竟，人一生只有一次這樣說出自己的看法，儘管是在歇斯底里發作的時候！……妳到底還要什麼？發生這一切之後，妳幹麼還老是杵在我面前折磨我，妳不走嗎？」

但是這時候突然發生了奇怪的狀況。

我之前習慣按照書本來思考和想像一切，而且想像世上的一切，就如我自己老早在夢想中所編造出的那樣，因而我也沒能馬上了解那時候的奇怪狀況。是這麼一回事：被我凌辱、擊垮的麗莎，她所了解的比我想像的要多得多。她對這一切了解到的是，如果女人真心去愛，她總是能夠最先理解，而此刻她了解到的正是：我這人是不幸的。

她臉上又驚又辱的感覺開始轉變為哀痛的訝異。正當我開始叫自己下流胚子和卑鄙小人，而且我還流起淚來的時候（我是含淚說完這整段長篇大論），她整張臉像是痙攣似的抽搐得變了樣。她想要站起身，讓我停下來；正當我說完，她不理會我喊著「妳幹麼在這裡，妳幹麼不走！」——而是注意到，我應該是非常沉重地說出這一切。她是這麼受到虐待的又可憐的，還認為自己永遠比我低賤，又哪裡有什麼好發怒抱怨的呢？她突然用某種遏止不住的衝動從椅子上跳起來，整個身子想要靠向我來，但仍羞怯，也不敢離開原地，只向我伸出了雙手……這下子我的心翻騰了過來。然後她突然撲向我來，兩手抱住我的頸子哭了起來。我也忍不住放聲痛哭，我從來沒有哭得那麼厲害過……

「他們不讓我……我不能成為……好人！」我勉強說出來，之後走到沙發去，臉朝下倒臥在上面，完全歇斯底里地痛哭了一刻鐘。她依偎在我身上，擁抱著我，她彷彿靜止在這擁抱之中。

但問題是，歇斯底里總該會過去的。就這樣（我可是在寫令人厭惡至極的真相），我的臉朝下趴在沙發上，緊緊地窩在破爛的皮枕頭裡，我開始緩緩地、遙遙地、不自主且無法遏止地感受到，我現在可不太好意思抬起頭正眼去看看麗莎。我有什麼不好意思的？——不知道，但我就是不好意思。我還驚覺到，我們的角色現在可是徹底互換了，現在的英雄是她，而我正是那個受侮辱、被擊垮的人，跟四天前那晚出現在我面前的她一模一樣……這一切的想法出現在我腦海裡只不過在幾分鐘前，當我臉朝下趴在沙發上的時候！

我的上帝！難道我那時候就在嫉妒她了嗎？

不知道，我到現在仍然無法確定，而那時候，當然比現在還更不清楚這點。少了控制他人的權勢和霸道，我可是無法過活……但是……但是我就算再怎麼論證也都無法說明白，因此便無從論斷。

我到底還是克服了自我，稍微抬起頭來，終究必須抬起來……就這樣，我至今確信，正因為我羞於看她，那時候，突然在我內心燃起且迸出另外一種情感……想要主宰和占有的情感。我的雙眼閃露出情欲，我緊緊壓住她的雙臂。這一刻，我多麼恨她，又多麼被她吸引！一種情感加強了另外一種情感。這幾乎像是在報復！……她臉上的表情起初彷彿困惑不解，甚至彷彿驚恐，但也只有一瞬間。隨後她激動又火熱地抱住我。

10

一刻鐘後，我在房間裡極不耐煩地來回走動，不時走近屏風，透過小縫看看麗莎。她坐在地板上，把頭靠在床邊，應該在哭泣。但是她沒離開，就是這點讓我生氣。這一次她已經完全了解。我徹底凌辱了她，但是……沒什麼好說的。她也猜到，我的情欲衝動就是報復，是給她另一次新的侮辱，在我先前幾乎盲目的恨意之中，現在又添補了一股對她**個人的**、**嫉妒的**恨意進去……不過，我不敢說，她清楚明瞭這一切；而她完全了解的是，我這個人很卑劣，重點是，我並不能夠愛她。

我知道，人家會跟我說，這難以置信——像我這麼邪惡又愚蠢是難以置信的；大概還會說，不去愛她，或至少不去認清這份愛是難以置信的。那為什麼難以置信呢？首先，我確實連愛也不能，因為，我再說一次，愛之於我——意味著殘暴虐待和精神上的優越感。我甚至一輩子都不能想像有另外一種愛，以致於現在我有時候會想，愛就是所愛對象自願奉送的施虐權。我在自己地下室的幻想中，無非也是把愛情想成鬥爭，我對它總好像是以含恨的鬥爭為起始，再以精神的征服為終結，而然後要跟被征服的對象怎麼辦，我真的無法想像。所以，這哪有什麼難以置信的，當我已經讓自己精神墮落到那種程度，到我疏離了「真實生活」的地步，所以她剛才來找我要聽「哀怨的話」，我才想去責備她，羞辱她；可是我自己卻沒猜到，她來完全不是為了要聽哀怨的話，而是來對我示愛，因為對女人來說，愛情包含了一切的復活、一切解脫任何消亡的拯救，以及一切的新生，除了愛情就不可能有別的表現方式。不過，當我在房間內走來走去，在屏風後透過小縫窺看的時候，我已經不這麼恨她。我只不過是覺得，她在這裡讓人沉重難耐。我想要她消失。我想要「平靜」，想要獨自一人留在地下室裡。我因為不適應「真實生活」而感到壓抑，甚至到讓我覺得呼吸困難的地步。

但是，又過了幾分鐘，她仍舊沒起來，彷彿陷入了半昏迷狀態。我好沒良心，還輕輕地敲了敲屏風，提醒她……她突然渾身一顫，急忙原地跳起，衝去找自己的頭巾、帽子、毛皮大衣，彷彿要從我這裡逃脫去哪裡似的……兩分鐘後她緩緩從屏風後面走出來，沉重地望我一眼。我不懷好意地笑了一下，不過是勉強**出於禮貌**罷了，然後我就撇過臉避開她的眼神。

「再見了。」她說，往門口去。

我突然跑向她，抓住她的手，扳開來放進了……然後再壓緊。之後我立刻轉身，並盡快跳開到另一個角落，為了至少不看到……

這一刻我本想要撒謊——要寫下我這麼做是無意的，是我一時失態、倉皇失措、糊裡糊塗。但我不想撒謊，因此我直說，我扳開她的手放進了……我這是出於惡意。當我在房間裡走來走去而她坐在屏風後面的時候，我就有這麼做的念頭。但是這下我或許可以說：我做了這種殘酷行為，儘管是故意的，但不是真心的，而是出於我的蠢腦袋。這個殘酷是這麼的虛假，這麼的空想，是故意編造的、**照書本講的**，以致於我自己連一分鐘也無法忍受——起先跳開到角落去，為了不去看，而後來心懷羞愧，絕望地衝去追麗莎。我打開通往前廳的門，留心聽了起來。

「麗莎！麗莎！」我對著樓梯喊，卻只是低聲而不敢放膽大喊……

沒有回應，我覺得似乎聽到她的腳步已經到了下層階梯。

「麗莎！」我更大聲地喊。

沒有回應。但就在這一刻，我聽到樓下那扇面街的、卡得很緊的外玻璃門，沉重地發出尖銳聲響打了開來，又隨即緊緊地砰的一聲關上。轟隆聲沿著樓梯傳上來。

她離開了。我返回房間陷入沉思。我感到沉痛極了。

我站在桌邊，一旁是她剛剛坐過的椅子，我無意義地望著自己面前。約莫過了一分鐘，我突然全身打了個哆嗦：就在我面前的桌上，我看到……簡單說，我看見了一張揉皺的、藍色的五盧布鈔票，是一分鐘前我塞進她手裡的同樣那一張。這是同樣**那張**鈔票，也不可能有別張，我房裡沒有其他鈔票了。那麼，是在我跳開到另一個角落的那一刻，她順手把鈔票丟到桌上去的。

又怎樣呢？我可以預期她會這麼做。可以預期嗎？不。我這麼自私自利，實際上這麼不尊重人，以致於甚至無法想像她會這麼做。這點我承受不起。轉瞬間，我像是瘋了似的，衝去穿衣服，匆匆披上急忙中拿到的衣物，便飛快跑出去追她。當我跑到街上的時候，她應該還沒來得及離開兩百步。

四下靜悄悄，雪紛紛，而且幾乎是直直落下，在人行道和空曠街上鋪了一層雪墊。一個路人都看不到，一點聲音都聽不到。盞盞路燈頹喪又徒勞地閃爍不定。我跑出去兩百步，到十字路口停了下來。

「她往哪裡跑去？我又為什麼來追她？為什麼？要撲倒在她面前，懺悔痛哭，親吻她雙腳，祈求原諒嗎！我也想這樣，整個心已碎裂成一片片，我永遠永遠都不要再冷漠地回憶起這一刻。但是為什麼呢？——我念頭一轉。難道我不會再痛恨她？或許明天又會了，正因為我今天吻了她的腳。難道我會給她幸福？難道我今天又再一次，第一百次了，沒弄清自己的價值？難道我不會再折磨她！」

我站在雪地上，仔細瞧著這片茫茫的昏暗，想著這些事。

「這樣不是比較好嗎？不是比較好嗎？——之後，我回到家還幻想著，用幻想來緩和現實的心痛。如果她心裡永遠懷著現在這份凌辱是不是比較好？凌辱——這本來就是淨化，這是最尖刻、最疼痛的意識！明天我真該親自去玷汙她的心靈才好，讓她心懷厭倦。現在她身上的凌辱永遠不會消逝，無論等待她的爛泥有多麼令人嫌惡——凌辱都會昇華她、淨化她……用憎恨……哼……可能，也會用寬恕……不過，因為這一切，她不是會更輕鬆嗎？」

確實：我現在還要給我自己提出一個無聊的問題：是哪一個比較好呢？——是廉價的幸福，還是高貴的痛苦？說說看，哪一個比較好呢？

那天晚上我待在自己家中，心痛得要死——我彷彿就是這麼感覺。我從來沒忍受過這麼多的痛苦和懊悔；對於我從公寓追出去，沒有半路調頭回家，這點難道能夠隨便懷疑什麼嗎？我再也沒見到麗莎，再也沒聽到她的消息。我也要再說幾句，關於凌辱與憎恨的用處的**漂亮話**一直以來都讓我感到滿意，儘管我自己那時候差點憂愁得快要生出病來。

甚至到現在，經過了幾年之後，每當這一切浮上我心頭時，似乎都感覺很**不好**。許多事現在浮上我心頭都感覺很不好，但是……真的不就此結束《手記》嗎？我覺得，把這些事情寫下來，是我犯了錯誤。但至少，在我一直寫這篇**故事**的時候，我感到羞愧：因此，這已經不是文學，而是感化的懲罰了。畢竟，要講故事，比如像長篇幅的故事會談到，我如何耽誤了自己的一生，因為窩身角落裡精神上的墮落、環境上的缺陷、與真實生活的疏離，以及地下室裡虛榮的憤恨——這實在是不有趣；在小說中必須有英雄，而這裡**故意**收集了所有反英雄的特質，而且主要是，這一切將產生出極不愉快的印象，因為我們全都疏離了生活，我們全都跛行於生活，無論是哪一個人多多少少皆如此。我們疏離到，甚至有時面對真正的「真實生活」①還會感到厭惡至極的程度，因此，若有人提起生活的時候，我們連忍都不能忍。畢竟，我們已經搞到這種地步，就快把真正的「真實生活」當成一種勞動，幾乎要當成一種工作，而我們全都暗自同意，照書本行事會更好。那我們有時又在胡想什麼？亂來什麼？要求什麼？我們自己也不知道要什麼。如果我們胡亂的要求都能被達成目的的話，那我們會變得更糟糕。好吧，你們試試看，好吧，就給我們比如說更多一點自主性，放手讓我們任何一個自由，擴大活動的範圍，減少監管，那我們……我就向你們保證：我們會立刻請求准許再度回到監管的狀態。我知道，你們或許會為此對我發脾氣，跺起腳來大喊大叫：「您說，所說的只是您一己個人，說的是您在地下室的種種卑微情形，而您卻不敢說：『**我們全部**』。」對不起，各位先生，我本來就不想用這個**全體**②來為自己辯護。如果有什麼跟我個人相關的，那就是，我只不過在我的生活中走到了極端，你們卻連那些的一半都不敢做到，還把膽怯當成了明智，且藉此安慰自己，欺騙自己。因此呢，結果是我大概比你們還「更真實」。你們要更專注點看看吧！畢竟，我們甚至連真實這個東西現今存在何處，它又

---

①「真實生活」在十九世紀的俄國文學與文化圈中有廣泛討論，尤常見於斯拉夫派的知識分子圈，在杜斯妥也夫斯基的小說《少年》（1875）中有這樣的定義：「真實生活不是心中所想的，也不是虛構的……應該是極為簡單、最為日常，且每天每時每刻所見到的……」——俄文版編注

②此為作者發明的俄文詞彙「всемство」，意即上文所提的「我們全部」（все мы），但有更深的涵義，可見於一些哲學研究中；文中譯為「全體」是取近似之意。

是什麼東西，還有要怎麼稱呼都不知道吧？別管我們這些人吧，沒有了書本，我們就立刻會迷失自我、倉皇失措——我們不知道，要靠往何處？要倚賴什麼？要愛什麼？要恨什麼？要尊敬什麼？要鄙視什麼？我們甚至連當人，當一個有真正**個人的**血與肉的人，都感到苦惱，我們對此感到羞愧，視作恥辱，反而老想要當某種空想虛幻的普遍人①。我們根本是無從實現的死胎，從早就不真實的父親那邊生出來，這點還越來越讓我們喜歡。我們開始感興趣。很快地，我們將會設法從思想中想像誕生出來。但是夠了，我不想再從「地下室」裡寫出什麼東西了……

不過，這位荒謬人士的《手記》還沒就此結束。他沒能忍住，繼續寫下去了。但是我們倒覺得，可以在這裡停下來。

①普遍人（общечеловек），字面意思是擁護普遍的全人類價值（或普世價值）的人，後演變為政治上的用語，衍生出許多解釋與應用。小說文本中則是以全體普遍性來對比個人獨特性，是地下室人的嘲諷。

杜斯妥也夫斯基 40 歲時的照片，1861 年圖里諾夫攝。此時，他剛回首都彼得堡不久，準備一展文才，同時間也是這部小說第一篇裡地下室人的年紀。

【導讀】

地下室人的現代精神

文／台灣大學外文系副教授　**熊宗慧**

杜斯妥也夫斯基的地下室人直到現在還強烈衝擊著現代社會。地下室人誕生於一八六四年，他所強調的以個人對抗與全體、用意識對抗集體無意識、以任性欲望反抗理性科學、用個人自由反制群體強迫和限制等訴求，在當時引發了叛逆者之風，直到現在仍牽動著當代社會敏感的神經。地下室人彷彿是一個容納了各種思想的容器，思想之流滿溢，傾洩而出，隨著溝渠小徑滲入土地，最後孕育出滿山遍野的現代精神花朵。

卡謬在一九四二年創造了《異鄉人》主角莫梭，一個完全疏離於社會的個人主義者，用一己冷漠對抗集體意識的壓迫，莫梭身上反映了地下室人的生存焦慮與荒謬性，由此引發了歐洲存在主義風潮，杜斯妥也夫斯基則以先驅之姿重新攪動二十世紀文壇，並在六、七〇年代進入台灣，種下了俄國文學對台灣不可磨滅的影響。

然而更早以前，吳爾芙已經注意到杜斯妥也夫斯基為地下室人的獨立所預設的兩項要素：遺產和斗室。一九二九年她對女人的獨立所做出結論：「女性若是想要寫作，一定要有錢和自己的房間。」吳爾芙愛看俄國小說，完全透視了地下室人的精神，所謂靈魂不受障礙限制，四處洋溢，小人物如此，女人亦是如此，但必需有物質條件以為後援，吳爾芙即將地下室人的遺產和斗室之獨立條件原封不動地放入女性解放的必備物質條件中。在地下室人誕生近一百年後，錢與房間不僅是女性，而且已經是所有人獨立的先決條件，符傲思於此時寫下《蝴蝶春夢》（*The Collector*），讓孤僻的小公務員克雷格中樂透彩券，使其有錢買下郊區別墅，然後綁架知識分子精英米蘭達，最後導致其因病死亡。克雷格是二十世紀地下室人的翻版，但符傲思完全脫去他知識分子的外衣，只剩內心長久的孤立、自我與無道德——現代人的通病，在符傲思的筆下，錢和房間這兩項因素依舊必要，但卻無法平衡歪曲的心靈，更無法彌合社會間因知識和階級差異所帶來的忌妒和憤恨，而這種忌妒和憤恨所帶來的暴力反撲則會帶來難以預料的毀滅性。

由誕生至今，地下室人始終帶著他反英雄身分縱橫文壇，他或許是真正的第一位完全的反英雄，他的每一句話、每一項行為彷彿都直衝著社會常規而來，而不論是否會造成自己或他人的傷害，就像個人主義過於張揚之時，其對應的陰暗面積也越來越大，莫梭和克雷格的案例正是反映了地下室人神話在架構的同時也解構了自身，然此矛盾和複雜性恰恰也正是現代精神的特點之一。

地下室人之於杜斯妥也夫斯基

《地下室手記》是杜斯妥也夫斯基創作的分水嶺，在此之前作家的小說充滿了同情和感傷的人道主義，主角皆為安靜、膽怯又逆來順受的卑微人物（《窮人》、《白夜》），在此之後，一個叛逆者形象從他蟄伏已久的內心鑽了出來，無論是批判理論和意識形態（《地下室手記》），或是挑戰命運（《賭徒》），再到公開付諸行動（《罪與罰》），這種叛逆形象合併了對自由意志的極度張揚又復恐懼，對群體的完全排斥卻忍不住嚮往，對純粹理性的習慣傾向又克制不了情感需求，這問題既個人又大眾，是作家本身雙重人格之間無止盡的爭鬥，也是他對公眾（普通人）靈魂的天才透視，探視出大眾（從他的角度是說大多數俄國人）「隱而不宣」的性格和心理，而其核心，作家花了一輩子的努力希望達到的，按基督教的精神，是人透過懺悔、贖罪，最後在精神層面上的復活。

《地下室手記》之前作家經歷了一段非常人生。一八四九年隆冬，杜斯妥也夫斯基從死刑台上被拖下，戴上鐐銬流放西伯利亞，至一八五九年初，他在西伯利亞服了四年的苦役加上五年多的兵役，人生的精華歲月（二十八至三十八歲）裡所有能被剝奪的權利都被剝盡了，他以活埋自己的方式面對流放生活。在一八四九年年底寫給長兄的信裡他說：「生命，到處都有生命……做個與群眾心連心的人吧，做這樣的人，這是生命的意義……那顆創造和享受高尚藝術生活的頭顱，那顆經常意識到和習慣崇高精神的頭顱已經從我的肩膀上被砍下來了。」這話在那九年多的流放期間應該溶進作家的骨血裡，那意味著他開始有意識地強迫自己走進群眾，這也顯示他的個性封閉和不適應公眾。在所有十九世紀「偉大」的俄國作家裡，杜斯妥也夫斯基屬於最隱藏、孤僻、內向、笨拙，且不擅應酬的作家之列，他那沒落的貴族出身並沒能為他掙得一帆風順的際遇，任何場合裡他大多只是沉默傾聽，屈指可數的慷慨激昂，例如一八四九年在彼得拉舍夫斯基小組裡激勵人心的發言，卻為他招來綁上死刑架又遭流放的厄運；待到了西伯利亞，他已被褫奪的貴族身分也沒改變他什麼，在罪犯人群中杜斯妥也夫斯基依舊疏離沉默，陰鬱內向。

杜斯妥也夫斯基一生都與週遭人格格不入，他幾乎沒有少時的朋友，所謂的三兩知己像是邁可夫、弗蘭格爾都是在他以《窮人》一書博得名聲之後以文交得，前提必須是無條件接受他，否則很容易被他那神經質、激動易怒、傲慢語氣、疑心病和脆弱的自尊心等人格缺點，不是給氣走，就是打上鄙夷的印記；他與屠格涅夫的「友情孽緣」就是建立在雙方惡意的譏諷、謾罵和誹謗之上，另外就是在金錢上的借還（永遠都是屠格涅夫借錢，杜斯妥也夫斯基還錢）、文學上的暗自較勁，以及思想上的針鋒相對（西方派和斯拉夫派）之中糾葛了大半生。

談到這裡，不難想像為何杜斯妥也夫斯基可以那樣傳神地寫出地下室人自卑又自大的個性，然而我完全不是說作家就等於地下室人，這是一道大眾讀者最喜愛的對號入座的問題，答案卻是否定，這點必須很仔細地看完小說才能得到答案。回到原本話題，一般人所謂的做人態度，杜斯妥也夫斯基幾乎花了一輩子的時間才學會面對，一八八〇年他獲邀參加普希金紀念碑揭幕典禮，這是他作家生涯的巔峰，面對眾人期待的演說，他以「做一位真正的俄國人……全人類的兄弟……給矛盾的歐洲帶來和解……願一切種族按基督福音的規範獲得兄弟般和諧而徹底的團結」的慷慨之詞，贏得聽眾暴雨般的掌聲和歡呼，此時的他已能享受被群眾簇擁、張臂接納和激情崇拜，但他心底是否依然感到侷促不安？一輩子與自己不安狂躁的心對抗即是他人生與文學創作的宿命。

杜斯妥也夫斯基自小就愛閱讀，耽溺幻想，外表消沉疏離又心不在焉（因為耽溺幻想），然其內心與外表相反，充滿熾烈的情感，不時迸發的激情幾乎不受控制，此外，還有著病態的多愁善感，伴著他一生的，走過孤獨的清教徒式童年、嚴厲的軍校少年期、流放的青壯年，還有顛沛起伏的中年歲月裡的就是——思索。除了思就是想，即便流放期間一度強壓下去，但日後這習慣又復返。作家一生都為幻想包圍，幾乎他所有重要作品裡的主角也都有這樣的傾向，所有關於文學的、創作的、宗教的、道德的、罪惡的、人類痛苦的問題，以及形而上的哲學思辯和當代社會思潮等等，全都在他腦中不停地轉動，他什麼都想，愛情、女人和情欲更是日夜不停折磨他的念頭。《白夜》裡的夢想家、地下室人、《罪與罰》的拉斯科尼科夫、《群魔》裡的大罪人斯塔夫羅金，還有《卡拉馬助夫兄弟》的伊凡，這些人物身上都含有作家本身最真實的一部分，都是耽溺在思索、幻想和理論之中，都無法擁有現實生活，杜斯妥也夫斯基持續塑造這樣的人物，不斷批判他們，但又忍不住偏愛，偏愛得那麼明顯，以致於讀者與批評家忍不住疑惑，作家的道德界線在哪？杜斯妥也夫斯基實在是不得不為之，他藉他自己創造的人物來陳述自己，陳述卻又批判，批判的方式很特別，自己和自己的對抗，地下室人藉由假想的「你們」進行連篇累牘的形而上爭辯，構出自己的懺悔，從而開啟了杜斯妥也夫斯基筆下人物彼此之間的對話，意即巴赫金所謂的「兩種意識的交鋒」，《罪與罰》裡耽溺拿破崙理論的拉斯科尼科夫與耽溺於淫欲念頭的斯維德里蓋洛夫，以及與動不動就提公眾利益的自私自利者盧仁之間的對話，其實是一體兩面的思辨，因為後兩者都是主角的雙重人分身。杜斯妥也夫斯基對此「兩種意識的交鋒」的手法運用得愈發得心應手，自己慢慢退出小說戰場，隱居書後，擔任起招待客人的主人角色，他讓筆下所有人物的話語都進行充分的表達，構出了巴赫金稱之為「複調」的交鋒對話，而《地下室手記》正是這「複調」之曲的前奏。

地下室人的地下室話語

《地下室手記》結構上分為兩部分：〈地下室〉和〈由於那溼溼的雪〉，第一篇為地下室人的獨白，叨叨絮絮，論個人與全體、意識與集體無意識、公眾利益與一己私利、幸福與痛苦，他的話似不著邊際，但又思慮謹嚴、環環相扣；小說第二篇為第一篇的變奏，較有故事和情節，內容關於地下室人與一位陌生軍官的恩怨、與舊時同學不愉快的過往，參加同學餞別宴卻遭到羞辱，以及在妓院邂逅麗莎又羞辱她的一段荒唐事，末尾以地下室人的吶喊告結。

這部作品就分量來說，在杜斯妥也夫斯基所有作品中堪稱小品，但是它直接催生了之後的巨著《罪與罰》，地下室人與麗莎以叛逆者和妓女的身分改名為拉斯科尼科夫與索妮雅，再次配對在《罪與罰》中，並分別代表拿破崙理論和福音書話語以為對比，和地下室人結局不同，杜斯妥也夫斯基已經找出對抗叛逆者之語的依據——基督教的《福音書》，在此之後叛逆者思想與《福音書》的對抗一直延伸到《白癡》、《群魔》與《卡拉馬助夫兄弟》。

《地下室手記》寫於一八六四年，之前一年，杜斯妥也夫斯基才剛與情人蘇斯洛娃同遊法國、德國、義大利，一路上見識了「繁榮進步」的歐洲，也飽嚐了激情和愛情的折磨，這趟旅遊促使作家寫下批判歐洲的《夏日印象冬日記》，也催生了《地下室手記》。蘇斯洛娃在作家創作生涯的重要性除了讓他得以塑出波琳娜（《賭徒》）和納斯塔西雅・菲利波夫娜（《白癡》）等敢愛敢恨、個性鮮明的女主角，另一重點是，蘇斯洛娃的叛逆、任性、自我中心和虛無主義思想很可能就是地下室人的一個原型，《手記》之後杜斯妥也夫斯基每部作品裡必有叛逆者：阿列克謝、拉斯科尼科夫、斯塔夫羅金、伊凡・卡拉馬助夫等等，杜斯妥也夫斯基對叛逆者的形塑如此迷戀，蘇斯洛娃這樣的六〇年代俄國新女性帶給作家的衝擊確實不小，但不無可能是作家亦藉此機會解放了隱藏在自己心底的另一個「我」。因為這樣，作家對叛逆人物的態度始終複雜：嚮往又批判，親近又疏離，責備又憐憫，忌妒又嘲笑。

小說中地下室人一開始就說自己有病、滿懷憤恨、不討人喜歡，而且肝有病，但下一句他又否認，說不清楚自己的毛病，也不知道自己「真的」有病；他還說自己受過良好教育，卻非常迷信，但還是尊重醫學。前後矛盾的說法讓人懷疑其話語的真實性。地下室人提到自己四十歲，還自稱是八等文官，領了不多的六千盧布遺產後退休，蝸居在彼得堡邊區的簡陋公寓，即他所謂的地下室、自己的角落。他說自己不漂亮、個子小、邋遢、神經質、善妒忌、極度敏感，如果事關個人尊嚴，他甚至會（形而上的）起身要求決鬥。地下室人憤世嫉俗，說自己只能以「聰明人不可能真正變成什麼東西，會變成什麼東西的只有傻瓜」之語自我安慰；又說：「十九世紀的聰明人應該、且精神上也必須成為一種多半是無性格的生物；而有性格的人，有事做的人——這種生物多半見識有限。」地下室人的話很容易讓人把他聯想成是一個虛無主義者，只是他在第一篇裡說的話通常都會又出現在第二篇，卻是以變體的方式呈現，就以上述的「十九世紀的聰明人」之說為例，到第二篇裡話語變成了「我們這個時代的每一個正派人士都是，也應該是膽小鬼和奴才。這就是他的正常狀態。」必須藉由對照，如鏡子一般，地下室人的真正人格才能現形。

確實，杜斯妥也夫斯基對地下室人的描寫集中在人格特質上，通篇下來讀者無從得知地下室人確切的外貌特徵，作家在這方面相當的惜墨，不若在《罪與罰》中那樣仔細描寫拉斯科尼科夫的髮色、眼睛和面容表情，強調他臉龐清秀，引人好感。地下室人形象模糊，讀者對地下室人的認識都來自於他的自述，可是其話語矛盾，可信度有待商榷，所有這些恰恰是作家的意圖，他要塑造的不是特定某種人，而是一種時代思潮的反映者，他們是接收了大量的思想資訊，卻苦無發言權的多數沉默者（杜斯妥也夫斯基設定為知識分子），在這方面他自認超越托爾斯泰和屠格涅夫，他認為他們筆下的人物只屬於特定少數人，而他才是真正看透了那個時代中多數人的性格和思想，由此看來，地下室人面容模糊是刻意的，作家主要的企圖是反映大眾的集體性格和思想意識。

懺悔自我與批判社會

杜斯妥也夫斯基在文學路上跟隨果戈理的彼得堡故事路線，努力挖掘隱身在大都市小角落中的「小人物」，即小公務員，《窮人》和《雙重人》就是這樣來的，在這種卑微人物身上匯聚了最大量的一般人特質；然而，作家雙眼始終緊盯著另一種文學人物——奧涅金、佩喬林、奧勃洛莫夫、羅亭之流的「多餘人」，這些人屬於貴族階級產物，源自於俄國社會轉變與貴族階級沒落所帶起的貴族自省，某種程度上來講這種自省即是懺悔，這種「懺悔」因而帶有明顯的貴族氣質。地下室人的特殊之處即在於他是這樣一種「小人物」與「多餘人」的綜合體，《地下室手記》最初的書名叫《懺悔》，即宣告了作家意圖將此屬於貴族權利的「懺悔」轉移到「小人物」身上，所以地下室人的地位僅管卑微，但始終努力維持尊嚴與意志，他甚至藉由挑戰當代主流思想以為自己的存在進行辯解。地下室人的懺悔帶有明顯的矛盾，他說他對自己、對世界會滿懷憤恨，正是因為意識到自己的「毫無個性」：既不兇，也不善良，既不下流，也不正直，非英雄也非昆蟲，繞了一大圈，地下室人看來似乎還是果戈里筆下的「小人物」阿卡基・阿卡基耶維奇（〈外套〉），然兩者的差別在於，地下室人不會像阿卡基・阿卡基耶維奇那樣，為了一件外套而嚥了氣，地下室人會為了好不容易拿回的發言權而拚命備戰。

地下室人的叨叨絮絮看似自我譴責，抒發情緒，但言語涉指桑罵槐，似藉懺悔之機來批評烏托邦社會主義思想、實用功利主義、科學進步論、性善論等等，他的每一句話似有所本，砲火四射的言語幾乎波及整個十九世紀六〇年代俄國主流的激進思想，尤其是以車爾尼雪夫斯基為精神領袖的革命民主派。地下室人藉虛構的「你們」（隱含讀者）進行虛構的對話，他對這一點非常坦白，他說：「所有你們說的，都是我自己現在編出來的，也是從地下室生出來的。」即便為了利於敘事，地下室人所不得不虛構的「你們」指涉的究竟是誰？如果是普通讀者，則地下室人向其道德、價值觀發出的宣戰話語著實可被視為是虛無主義者之言；然如果是以車爾尼雪夫斯基及其信徒革命民主派為「對話」的對象，則地下室人之宣戰話語豈不正是對該派虛無主義思想的反抗？在此情況下，地下室人豈不變成是對抗虛無主義潮流的正面人物嗎？若真是如此，地下室人又為何需要跟這些思想上的對立者坦白自己不堪的過往？地下室人的不可靠敘述加深了分辨其話語真實和虛構的困難度，然而這亦源於作家態度的矛盾。杜斯妥也夫斯基早年亦是傅立葉的烏托邦社會主義信徒，他遭流放服苦役也與此有關。從流放地回來後作家在思想上已和社會主義分道揚鑣，但是仍極度關切社會主義在俄國的發展情形，地下室人對此派思想之瞭若指掌，直如作家本人，像地下室人說：「人們明知道自己的真利何在，卻把它們擱在備案而衝向另一條路，沒人強迫他們，但人就是不想要一條指明的路，而是要固執地、任性地打通一條在黑暗中摸索出的艱苦荒唐路。」此段話是針對革命民主派以公式化的數據歸納出所謂公眾最大利益和最大幸福的論據而來，地下室人以人的非邏輯性與反抗性向彼之理論和公式化數據發出對抗，並喊出「我呢，是一個，而他們呢，是全部」的對抗話語，成為哲學家別爾嘉耶夫、舍斯托夫等最肯定地下室人的價值之處。至於拿雞窩諷刺水晶宮，更是衝著《怎麼辦？》一書而來，作者車爾尼雪夫斯基在書中假女主角薇拉的夢描繪出社會主義烏托邦的水晶宮，描繪未來所有人都會住在水晶宮裡享受永恆歡樂的願景，對此地下室人以挑釁的口吻說，他在下雨時或許會擠進雞窩躲雨，但不會因此而把雞窩當宮殿，也不會用水晶宮換他的地下室。地下室人在進行思辨時其話語相當嚴謹，顯示其慣於思考方面的腦力活動，然而也因為如此，其話語的隱藏和偽裝也就越不容易被察覺，必須把一、二篇加以對照，才真能了解地下室人話語的真諦，也才能聽出杜斯妥也夫斯基對地下室人的嘲諷。

藉由虛構的對話，地下室人順利引出關於「二二得四」的話題，這是第一篇裡最重要的論述。地下室人說「二二得四是公式，但不是生活，而是死亡的起點。」又從二二得四的說法向革命民主派發出質疑：為什麼只有幸福才叫對人有益？或許「人除了幸福以外，一樣喜歡痛苦，因為痛苦也有益」，因為「痛苦可是意識生成的唯一原因」，而「意識儘管對人來說是大大的不幸，但是人卻不會拿任何一種滿足來換掉它。」彷彿故意似的，地下室人就等著這虛構的「你們」提出「二二得四」的公式，他再以痛苦的意識之說否定掉公式化的幸福，把對手完全將軍，畢竟以俄國民族性傾向崇高和悲劇性來看，地下室人的這番論述確實精采，而以痛苦對抗幸福就成為地下室人最激情的論述。

然一個可疑的問題在於，地下室人是真的從生活經驗中淬鍊出這樣的概念，抑或僅是從腦中幻想得出？一如他虛構的對手的水晶宮，是個完全不自然的產品呢？關於這點仍必須從第二篇裡獲得答案。

只怪那溼溼的雪？

〈由於那溼溼的雪〉為地下室人的回憶，作家在此技巧性地藉由回憶向讀者透露出較多的地下室人的真實面：孤獨憂鬱，內向封閉，即便此篇敘述方式較之第一篇來得「詩意」，但是「我呢，是一個，而他們呢，是全部」的對壘概念依舊是地下室人的主要生活意識形態，然而直到此時地下室人終於忍不住表示，他並非出於真正的個性獨立而和他人區隔，純粹是因為膽怯和病態的虛榮所導致的人際關係疏離，而人際關係疏離又導致他更病態的虛榮和膽怯的惡性循環，為此他只能在心裡懷抱著自己的地下室：墮落、孤獨、祕密、骯髒、羞恥。脫去第一篇裡面對虛構的「你們」的慷慨激昂，第二篇裡的地下室人為自己不堪的回憶包圍，不斷地懊惱沮喪，說他渴望人群、渴望友誼到「忌妒」那些因打架而能夠被扔出窗外的人，又說自己可以原諒被打，但無法原諒別人對他「視若無睹」，為此他向一位陌生軍官展開「復仇」計畫，想以浪漫主義者所能做的最尊嚴的方式贏回自己的尊嚴，他開始籌謀、跟蹤和計畫，最後地下室人說他終於在沒有「讓」一步路的情況下，在涅瓦大道上和那位陌生軍官肩碰肩擦身而過，在「大庭廣眾」之下公開地把自己和對方的社會地位拉成平等，完成了「復仇」。地下室人的復仇聽來可笑、可悲，卻又可怕，在病態的敏感和神經質下，地下室人被復仇的夢魘包圍，也以永不遺忘的方式向所有刺傷其自尊心的人進行復仇。復仇是最古老又最現代的文學主題，從地下室人脫去復仇的崇高外衣起，任何日常生活裡雞毛蒜皮瑣碎事情都可能構成復仇的動機，成為現代社會裡最不可預測的人心黑暗面。

第二篇的主題是復仇，向陌生軍官復仇只是其一，硬是要參加同學的餞別宴是其二。對地下室人而言，復仇是唯一可以證明他存在和價值的手段，也唯有復仇可以洗滌他所受的侮辱。誠然，沒有比復仇方式更適合地下室人了，他藏身在暗處，編織可以復仇的理由，並以此「美與崇高」的方式淨化自己的地下室生活，這就是為什麼地下室人不顧他人意願硬是要參加餞別宴，又在餐廳裡不斷向舊時同窗挑釁，意圖讓對方先一步向他提出決鬥的要求。然而矛盾的是，地下室人處心積慮製造衝突的真正目的其實是為了「交」朋友，在地下室人想像中，人際互動行為即是衝突和鬥爭，他希望藉此獲得認同，然而他的所有努力卻在對方說出「你永遠都不能夠在任何時候、任何地方羞辱到我」

的回答而遭到瓦解，那句話意味著地下室人的衝突、決鬥、和解、完成復仇的理論完全不可行，那句話殘忍地剝除了地下室人為自己披上的「美與崇高」的虛構外衣，解構了他為自己建造的虛假「現實」，地下室人從來都沒有真正生活過，所以他把「衝向社會」看成是「擁抱全人類幸福」的同義詞，這即是地下室人痛苦之因，在他幻想中的理想人際關係裡，人與人之間只有衝突和鬥爭，沒有「二二得四」的幸福。

為了淨化侮辱，地下室人如中蠱一般來到「時髦店鋪」，即高級妓院裡，因而認識了麗莎。此處杜斯妥也夫斯基彷彿故意似的不時讓地下室人的真實生活露餡，如「該死的歐林琵雅（妓女）！她有一次嘲笑我的臉，還拒絕我」、「進到我熟悉（妓院）的客廳」等等，憤怒到失去理智的地下室人的話裡不小心透露出他對妓院的熟悉，這與他不斷標舉「美與崇高」的口號十分衝突，但與他自白「做著淫蕩勾當」相當符合，這時也能體會到他指的淫蕩與小淫蕩的區別何在了。地下室人在第一篇裡為自己架構出的意識形態的崇高性到此一步一步走向瓦解。地下室人意圖把所受到的侮辱轉到麗莎身上，他虛偽地向她曉以大義，規勸從良，用道德勸說拉高自己的地位，想體驗由上而下的憐憫，沒想到麗莎竟把他的話當真，答應去拜訪他，地下室人反而因此焦慮。「真實生活」是地下室人所欠缺的，也是無法面對的部分，他習慣在幻想中想像生活，而非真正擁抱生活，包括友情和愛情，他堅持要從鬥爭的角度來對待，「愛就是所愛對象自願交出的施虐權」，即是地下室人對愛情的概念。當地下室人終於忍不住在麗莎面前痛哭時，他擔心的只是在她面前失去優勢權，為此地下室人採取更惡劣的手段——把五盧布塞進麗莎的手裡，終使麗莎心灰意冷地離去。「是要選擇廉價的幸福，還是高貴的痛苦？」地下室人在大街上追尋再也找不到蹤影的麗莎時，他試圖用這句話抑制住自己內心真實的痛苦，然從那時起地下室人將再也無法從這段回憶掙脫，正如他自己所選擇的，他的痛苦將無止盡。

杜斯妥也夫斯基運用復仇主題以凸顯人生存的荒謬性，並以地下室人不間斷的噩夢回應復仇的本質，篇名〈由於那溼溼的雪〉是對此的回應，從果戈里魅影幢幢的彼得堡世界裡降下的雪繼續包圍杜斯妥也夫斯基筆下的彼得堡，潮溼、昏暗、陰鬱、虛幻，這樣的雪讓人想發瘋，這樣的雪讓人不斷回憶起不堪的往事，所以地下室人詛咒彼得堡，但是永遠不離開它，因為再也找不到比這城市更適合他的地方了：虛偽、做作、疏離真實生活，地下室人明白他身上所有缺點都可以在這座既不真實又做作的城市裡找到共鳴，正是他和彼得堡共同構成了這則反英雄特質匯聚的荒謬寓言。

誠如杜斯妥也夫斯基所說：他藉由地下室人寫出了大多數俄國人的真實特點，揭露其醜陋面和悲劇性。地下室人的悲劇性在於，他清楚意識到這種醜陋和悲劇性，意識到美好，卻又不能達到。地下室人生成的原因在於不再相信普遍原則——沒有任何東西是神聖的。我們將杜斯妥也夫斯基對地下室人之評語放到今日來看，依舊真切。

【譯後記】

地下室風格

文／丘光

翻譯杜斯妥也夫斯基，對我來說是一項艱鉅的工程，也是一項心理的建設。在此之前我有好一段時間沒細讀他的作品了。學生時期儘管對他抱有興趣，現在想來似乎只讀到皮毛，那個時候看到他講意識之生成、痛苦之必要、心靈之拯救等等的，便急著想跟同學炫耀一番，顯示自己看過深奧的東西，渴望在他人的眼裡尋求認同、驚訝或甚至鄙夷（有些人的確會鄙夷，但這也算是某種恭維）——咦，這不正是地下室人年輕時的……是啊，多少年前，杜斯妥也夫斯基就把我的虛榮心給掏了出來，赤裸裸地。

《地下室手記》作為一部小說，形式上很特別，主要表現在語言敘事風格上，整體看來是壓抑的、貶低的風格，偶爾出現高尚、傲氣的詞句，多半是裝飾對比，是嘲諷諧擬，結果卻更顯得壓抑。因此，我翻譯的時候為了抓住這個風格，吃了許多苦頭。要如何用一種地下室人的調調，把憤恨、貶損、孤傲、多疑、矛盾、猥瑣、乞憐等特質用中文傳達出來？除了字面修辭外，語氣詞明顯占了重要的地位，若譯得出是不是就能重現原作的口語聊天式風格？這點很讓我著迷。比如文中這句：「我呢，是一個，他們呢，是**全部**。」其中有俄文語氣詞「-то」，我不僅要譯出，還要在數個中文語氣詞中挑出「呢」，看看是否表達了原文的「強調」之意。這是吃力不討好的工作，純粹是折磨自己，不譯出語氣詞並不會減損多少文意，但我不知道為什麼，就是很想要感受一下原作中的氣氛，要模擬說話者的姿態，因而試圖重構原本的話語樣貌。另外，像卑稱、暱稱這類的用語遍布全文，影響語言風格甚大，若不照樣譯出著實可惜，比如這句：「不是淫蕩，而是小小淫蕩。」當然，這些都不過是我所想像的「地下室風格」而已。

無論如何，我從翻譯、譯注到年表，過程中閱讀了極多資料，譯完之後給我的感受既豐富又多層次，如果可以這樣說的話，這像是一趟五合一的旅行，一是作品思想的形而上之旅，二是互文性指涉的文學之旅（從普希金、萊蒙托夫、果戈里到屠格涅夫等人的作品），三是社會背景的歷史之旅，四是彼得堡的城市之旅（小市民街、運河、乾草廣場到涅瓦大道），五是作家精神的心靈之旅。這五條路線同時交錯在我腦海中，途中難免覆蓋掉一些景色，但願我自己重讀的時候，可以靜下來好好發掘。

杜斯妥也夫斯基年表

編／丘光、黃聖翰　圖說／丘光

一八二一年

十月三十日（即新曆十一月十一日，以下日期除特別標示外，皆為俄曆），於莫斯科瑪麗亞濟貧醫院出生，為家中次子。

一八二三年

從醫院右廂房搬至左廂房，在此度過童年。

一八三一年

父親在圖拉省買了小村達羅沃耶，離莫斯科約一百六十公里，此後至一八三六年，每年夏天他都會來此避暑。過兩年又買下鄰村切列莫什尼亞。

一八三四年

九月，與長兄米哈伊爾進入莫斯科的切爾馬克私人寄宿中學就讀。

杜斯妥也夫斯基的出生地——瑪麗亞濟貧醫院的右廂房，丘光攝。

杜斯妥也夫斯基的父母親，1823 年波波夫繪。父親當時在這間濟貧醫院工作，母親在家照顧七個小孩（么女 1835 年出生）。

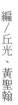

一八三七年

一月底，詩人普希金與人決鬥後重傷過世，二月底，母親因肺病過世——這兩大傷痛對十五歲的杜斯妥也夫斯基來說意義重大，將他的生活畫分出一道界線。五月初，與兄前往謝爾基聖三一修道院朝聖旅行。五月中，為入軍事工程學校就讀與兄到聖彼得堡；五月底，兩兄弟進入預備學校就讀；十月，通過工程學校考試。

一八三八年

一月中，正式入學軍事工程學校，校址在彼得堡最陰鬱神祕的米哈伊洛夫斯基宮（原為沙皇保羅一世的新建皇宮，一八〇一年他在此被宮廷叛變的軍官謀殺）。

一八三九年

六月，父親在往切列莫什尼亞村的途中過世，死因一說為中風（官方文件說法），另在家族親戚流傳一說為被自家的農奴所謀殺。

長兄米哈伊爾，這幅畫像是杜斯妥也夫斯基的學弟特魯托夫斯基繪，1847 年。
杜斯妥也夫斯基與米哈伊爾非常親近，在 1840 年給哥哥的信中提到：「愛你對我來說是一種需要。」米哈伊爾也是一位作家，他們有共同的文學興趣，一路走來兩人雖有意見不同（通信中常見激烈而深刻的文學辯論），但始終相互扶持。兩兄弟不僅是文學同好，也是最推心置腹的朋友，1839 年父親過世後他給哥哥的信裡說：「人是一個謎，需要解開它……我在研究這個謎，因為我想成為一個人。」——他對哥哥說過的一些內心話都可以在後來的作品中找到發展的脈絡。

一八四一年

二月，於兄宅朗讀自作戲劇《瑪麗亞・斯圖亞特》及《鮑里斯・戈篤諾夫》，現皆不存。八月，晉升准尉；獲得校外住宿許可。

一八四二年

七月，休假至雷瓦爾（愛沙尼亞首都塔林的舊稱），拜訪年初新婚的長兄。

一八四三年

八月，畢業分發至部隊的工兵製圖單位。

一八四四年

一月，完成譯作《歐也妮・葛朗台》（巴爾札克著），後刊登於六七月號的《劇目與文萃》雜誌。十月，因「家庭因素」退役。

一八四五年

五月～六月，完成首部小說創作《窮人》，作家

《窮人》單行本封面，1847年。
杜斯妥也夫斯基在1845年給哥哥的信中寫到關於《窮人》即將完稿一事，以及對未來的夢想：「我決定以最低稿費將我的小說投給《祖國紀事》，它的發行量兩千五百份。如果我在那裡發表，未來的文學生涯和生活全都有保障了。……十月份我可以自費再版（單行本），我堅信愛小說的人會把這本書搶購一空……如果我的小說沒地方發表，那我大概只能去跳涅瓦河了。怎麼辦？我什麼都想到了！」
這部首作因為再三修改，後來改在涅克拉索夫主編的《彼得堡文集》發表。

涅克拉索夫徹夜讀完，並將手稿轉交給評論家別林斯基；六月一日左右，結識別林斯基；夏，與兄同住雷瓦爾，開始撰寫《雙重人》；十一月初，結識屠格涅夫；十一月中，拜訪作家、評論家帕納耶夫，對他的妻子阿芙多季雅一見鍾情，隨後給哥哥的信中提到：「我似乎愛上了他的妻子，她才貌雙全，惹人憐愛」——這段苦澀的單戀成了年輕作家日後寫作的戀愛情節素材。

一八四六年

一月，《窮人》刊登於《彼得堡文集》（涅克拉索夫主編），獲得好評。二月，自許甚高的《雙重人》發表於《祖國紀事》，卻遭受普遍的負面評價。春，與彼得拉舍夫斯基結識。十月，撰寫《女房東》；十二月，撰寫《涅托奇卡·涅茲瓦諾娃》。

一八四七年

二月，開始積極參加彼得拉舍夫斯基舉辦的星期五聚會，著迷於烏托邦社會主義思想。四月，與

別林斯基，1843 年戈爾布諾夫繪。

涅克拉索夫，1856 年馬科夫斯基繪。

阿芙多季雅·帕納耶娃，這位女作家在當時的彼得堡文化圈引領一時風騷。1846 年起跟涅克拉索夫同居近二十年。晚年在自己的回憶錄中記載了許多文化圈的軼聞，包括對杜斯妥也夫斯基性格上的細膩描寫，以及屠格涅夫與杜斯妥也夫斯基之間的過節。

別林斯基疏遠；七月，別林斯基發表著名的《致果戈里的信》。秋，《窮人》出版單行本。十月～十二月，於《祖國紀事》發表《女房東》。

一八四八年

一月起，於《祖國紀事》陸續發表多篇小說。五月，別林斯基過世。十二月，於《祖國紀事》發表《白夜》，普獲好評。

一八四九年

一月～二月，於《祖國紀事》發表《涅托奇卡・涅茲瓦諾娃》的開頭。四月十五日，於彼得拉舍夫斯基的聚會上朗讀別林斯基致果戈里的信；四月二十三日，因散播「有害思想」而被逮捕；四月二十四日，關押於彼得保羅要塞的阿列克謝三角堡；十二月二十二日，彼得拉舍夫斯基事件中有二十一名遭判處死刑，包括杜斯妥也夫斯基，在槍決前最後一刻，沙皇宣布赦免死罪改判流放西伯利亞服苦役。

1849 年 12 月 22 日，彼得拉舍夫斯基事件的行刑一景。

杜斯妥也夫斯基於 1849 年 12 月 24 日夜晚戴上鐐銬從彼得堡出發，隔年 1 月 10 日途經托博爾斯克（位於西伯利亞的西部），當地的政治犯遺孀（包括安年科娃、馮維津娜等人，即 1825 年十二月黨人事件之後自請跟隨丈夫流放的女眷）前來會晤，送了一本福音書給年輕作家，這本書他保留了一輩子。

一八五〇年

一月十日，行至西伯利亞的托博爾斯克；一月二十三日，抵達鄂木斯克的監獄，開始服苦役，這段生活後來在《死屋手記》中有詳細描寫。

一八五四年

一月二十三日，服滿四年苦役刑期出獄。三月一日，抵達謝米帕拉京斯克，至西伯利亞邊防部隊報到，開始服兵役。春，結識當地的退職教師伊薩耶夫（此時已是無業遊民兼酒鬼浪蕩子）和他的妻子瑪麗亞，受到熱情的對待。十一月，與司法官員弗蘭格爾男爵結識，男爵敬重他的才華，給予他不少援助，兩人成為知己好友。

一八五五年

五月，伊薩耶夫一家因新工作搬至庫茲涅茨克；八月，伊薩耶夫歿，留下不到三十歲的妻子和七歲的兒子帕維爾。十一月，晉升士官。

瑪麗亞・伊薩耶娃，這位不幸的女人令杜斯妥也夫斯基一見鍾情，他似乎迷上了她那一臉憂鬱、帶著病容的柔弱女性形象——他感到她在受苦，這點非常吸引作家。1856 年 1 月作家給哥哥的信中寫到：「他（伊薩耶夫）有教養，不論和他談什麼，他都理解……然而吸引我的不是他，是他的妻子瑪麗亞，這位太太還年輕，二十八歲，相當漂亮，富有教養，聰明又善良，可愛又文雅，而且心地寬厚。她驕傲且默默地承受命運的捉弄，照顧無憂無慮的丈夫……現在是這麼一回事：我早就愛上了這個女人，而且知道她也會愛我。離開了她我便不能生活……」

一八五六年

十月，晉升准尉。十一月二十五～二十六日，到庫茲涅茨克拜訪伊薩耶夫的遺孀瑪麗亞，向其求婚成功。

一八五七年

二月六日，與瑪麗亞・伊薩耶娃結婚。二月十七日，重獲所有權利，包括貴族身分。八月，於《祖國紀事》發表在彼得保羅要塞完成的《小英雄》。十二月，取得癲癇症妨礙當兵的診斷證明。

一八五八年

三月，提出退役申請。六月，長兄申請《時代》雜誌的請求獲准，但最後又不能出版。

一八五九年

三月，因病獲准退伍，並獲得在特維爾的居住權；十一月～十二月，於《祖國紀事》發表《斯捷潘奇科沃村》，當時未引起注意（在作家死後才風

一八五八年，著軍裝的杜斯妥也夫斯基在謝米帕拉京斯克留影。此時的他已無心繼續軍旅生涯，文學始終是他的唯一道路，積極籌備退伍之餘，也與雜誌主編連絡投稿。今年初給《俄羅斯通報》主編卡特科夫的信裡，他這麼推銷自己的新小說構想：「我在鄂木斯克（服苦役）時腦中就在構思這部小說，離開那裡後我便把想法寫在紙上。但我不急著創作，我更喜歡琢磨最微末的細節，布局謀畫，收集素材，將個別的場景寫下。如此構思三年我熱情不減，反而更加迷戀這樣的寫作方式……（編按：中間扯了一大段欠債的故事後話鋒一轉）如果您可以刊登我的小說，那麼您能否現在立即預付我手頭極需的五百盧布。我知道這請求很可笑，要看您是否願意……我為了錢而寫作，大概這就是我的命。」

行）。十二月底，獲准遷居彼得堡。

一八六〇年

四月十四日，與岡察洛夫、涅克拉索夫、屠格涅夫、皮謝姆斯基、邁科夫及德魯日寧等作家，參加文學基金會主辦的戲劇《欽差大臣》慈善演出，他飾演郵政局長一角。九月，於報紙《俄羅斯世界》開始連載《死屋手記》。

一八六一年

一月，於長兄主辦的《時代》雜誌創刊號發表小說《被侮辱者與被凌辱者》開頭，並重新刊登《死屋手記》；年初，結識蘇斯洛娃，其後成為杜斯妥也夫斯基的情人。

一八六二年

六月～九月，第一次出國，在倫敦與赫爾岑會面。
六月十二～二十四日，在威斯巴登第一次嘗試賭輪盤，引發將近十年對賭博的狂熱。七月七日，

當時的民主派諷刺週刊《火花》，於 1862 年第 32 期刊出一幅諷刺書報檢查制度的漫畫（斯捷潘諾夫繪），當時幾位刊物編輯站在檢查單位門口排隊等候問話，準備為自己刊登的文章辯護，其中包括涅克拉索夫（前排右邊第一位）和杜斯妥也夫斯基的長兄米哈伊爾（前排右邊第四位）。

車爾尼雪夫斯基於彼得堡被捕。

一八六三年

二月～三月，於《時代》發表《夏日印象冬日記》；五月，《時代》因刊登斯特拉霍夫的文章遭停刊。妻瑪麗亞離開彼得堡，杜斯妥也夫斯基說「她無法忍受這裡的天氣」。八月十日，從過世的姨丈庫馬寧得到三千盧布遺產。八月～九月，與蘇斯洛娃在巴黎私會，因「有點遲到」，換來蘇斯洛娃的移情別戀，兩人幾乎分手，不過仍同遊法國、義大利、德國；十月，回到彼得堡。十一月，前往弗拉基米爾與妻會合，遷居莫斯科。

一八六四年

一月，獲得許可創辦新雜誌《世紀》月刊；三月，《世紀》創刊號（一、二月號合併）出版，其中發表《地下室手記》第一篇。四月十五日，妻瑪麗亞過世。四月底，遷居彼得堡（小市民街九號），完成《地下室手記》第二篇，後發表於《世紀》

杜斯妥也夫斯基短暫的情人阿波利納里雅・蘇斯洛娃，是《時代》的撰稿者之一。1865 年 4 月他給蘇斯洛娃妹妹的信中寫到兩人分手的原因：「阿波利納里雅是個非常自私的人，而且虛榮極了。她要求人家付出一切，還要完美，不尊重別人的優點，而一個缺點也不原諒，不願意承擔最基本的義務，她一直訓我配不上她的愛情，不斷抱怨、責備，六三年在巴黎見到我第一句話是：『你來晚了一些。』意思是說她已愛上了別人，但兩週前她還寫信說愛我……我至今仍愛她，非常愛，但我真不想再愛，她不值得這麼愛。我很可憐她，因為我預見到她永遠不會幸福。」

蘇斯洛娃四十歲時嫁給了二十四歲的學者羅贊諾夫（杜斯妥也夫斯基的崇拜者），但這段婚姻更折磨人，後來也以不幸收場。

四月號。五月，車爾尼雪夫斯基被判苦役七年。七月十日，長兄米哈伊爾過世。九月二十五日摯友阿波隆·格里高里耶夫（雜誌同事）過世。

一八六五年

三月，《世紀》因財務問題發行停刊號（二月號），發表《離奇事件》（後改名為《鱷魚》）。四月～五月初，向安娜·克魯科夫斯卡雅求婚，她是《世紀》雜誌的撰稿者，同意不久後卻反悔。七月，因財務吃緊，與出版商斯捷洛夫斯基簽一份條件很差的合約，內容包括出版作品全集，以及在明年十一月一日前得完成一部新小說。

一八六六年

一月，於《俄羅斯通報》上開始連載《罪與罰》。十月四日，與速記員斯尼特金娜結識，開始口述撰寫《賭徒》；十月二十九日，完成《賭徒》。十一月八日，向斯尼特金娜求婚。

安娜·克魯科夫斯卡雅，後來從事俄國革命，嫁給法國記者，一起參與1871年巴黎公社運動。在1866年6月給她的信中提到疲於奔命於債務與寫作：「現在我除了長篇小說（指《罪與罰》）要寫完外，還有好多事情要辦……去年我的經濟狀況很慘，不得不賣出我的所有著作印刷一次的版權，買主是投機商人斯捷洛夫斯基，人很壞，什麼都不懂的出版商，合約中有一條，要我交出一部新小說給他出版，篇幅至少十二印張，如果在一八六六年十一月一日前未交稿的話，那麼他就有權在九年內隨意再刷出版我的所有著作，不需另付酬勞。……我打算同時寫兩部小說，早上寫一部，晚上寫另一部。您知道嗎？親愛的安娜，我甚至還喜歡這種奇怪的事情，我不能安逸過日子。請原諒，我吹嘘了起來！……我深信，從以前到現在沒人像我這樣寫作，屠格涅夫一想到這種情況恐怕會嚇死……」

一八六七年

二月十五日，與斯尼特金娜結婚。四月，與妻出國四年餘；六月，於巴登跟岡察洛夫會面，與屠格涅夫發生爭吵；八月，前往日內瓦，途經巴塞爾，參觀巴塞爾畫廊的《棺中死去的基督》（小漢斯・霍爾拜因繪），這個觀畫經驗寫進了小說《白痴》中。

一八六八年

一月，於《俄羅斯通報》上開始連載《白癡》。

二月二十二日，女兒索菲亞於日內瓦出生；五月十二日，她因肺炎去世。

一八六九年

九月十四日，女兒柳博芙生於德勒斯登。秋，完成《永恆的丈夫》。

一八七〇年

《永恆的丈夫》刊登於斯特拉霍夫主編的《黎明》

杜斯妥也夫斯基的第二任妻子安娜・斯尼特金娜，是一個能幫助作家穩定生活的女性。

他在 1867 年 4 月給蘇斯洛娃的信中是這麼介紹自己的新婚妻子：「我的速記員安娜・斯尼特金娜，是個年輕、相當漂亮的女孩，二十歲，家世好，在校以優異成績畢業，個性善良開朗極了……小說（指《賭徒》）結束時我留意到，我的速記員真心愛上了我，儘管這點她一句話也沒說，而我越來越喜歡她……我向她求婚。她同意，於是我們就結婚了……我越來越相信，她將會幸福。她有真心，也會去愛。」

這對新婚夫妻在歐洲四年，他有許多時間是獨自沉溺在異地的賭場，錢輸光後便寫信向妻子解釋並求救：「妳要理解，我有債務要還……我需要贏錢，必須要如此！我賭博不是為了好玩，這是唯一的出路，但盤算出錯，一切都完了……」（1867 年 5 月漢堡）「對我保有美好的感情吧，別恨我，別停止愛我。現在我已重生，讓我們共同前進，我將使妳幸福！」（1871 年 4 月威斯巴登）最終，或許是安娜的愛戰勝了作家的墮落，他們繼續攜手向前行。

雜誌一、二月號。三月至年底，構思已久的《大罪人傳》此時逐漸改變內容方向，不斷有新的想法加入，最後以一樁虛無主義恐怖分子的謀殺案來帶出俄羅斯的信仰問題，成了他最有政治意味的社會議論小說《群魔》。

一八七一年

一月，於《俄羅斯通報》開始連載《群魔》。四月，戒賭，給妻子的信中提到對賭博已不再狂熱：「折磨我十年之久的可惡幻想消失了……現在我自由了。」七月五日，全家返回俄國。七月十六日，兒子費奧多爾出生。

一八七二年

春，畫家佩羅夫受藝術收藏家特列季亞科夫委託，為杜斯妥也夫斯基繪製肖像。十二月，成為《公民》週刊編輯。

一八七三年

杜斯妥也夫斯基的筆記本裡構思《群魔》的手稿。
1870 年 10 月給雜誌編輯斯特拉霍夫的信中提到小說遲遲拖稿的原因是：「出現一個新人物，他要求成為小說的真正主角。」——指斯塔夫羅金，這個角色將社會案件與原先《大罪人傳》的構思交融在一起，達到藝術上的昇華，讓全心投入的作者認為「這是我文學生涯的最後之作」。

一月一日，《公民》創刊號問世，《作家日記》開始在此連載。

一八七四年

三月二十一～二十二日，因未經許可於《公民》上刊登梅謝爾斯基公爵（即《公民》的創辦人）的文章被拘禁。四月，請辭《公民》編輯一職；與涅克拉索夫恢復交往。夏，為治療赴德國溫泉地巴德埃姆斯。

一八七五年

一月，於《祖國紀事》開始連載《少年》。八月，兒子阿列克謝出生。

一八七六年

一月，《作家日記》以「獨立雜誌」的形式出版，身兼作者、編者、出版者，內容除了小說外，還有大量與時勢交融的藝文、哲學、歷史、政治方面的評論隨筆，一月號發行兩千冊，兩天賣完立

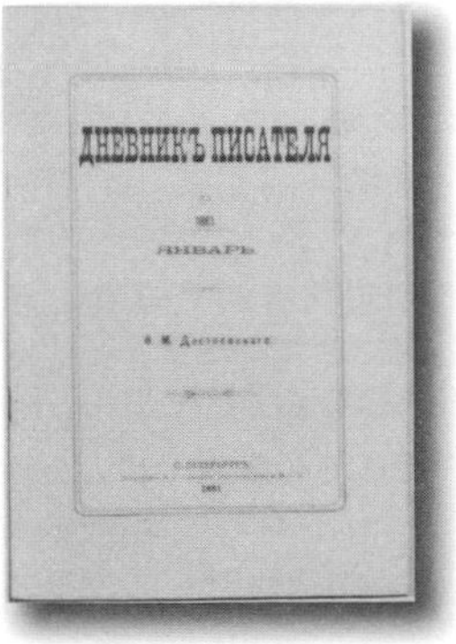

《作家日記》最後一期，1881 年 1 月號，在杜斯妥也夫斯基死後第三天出版。

對於杜斯妥也夫斯基出版《作家日記》，友人阿爾切夫斯卡雅覺得是把力氣浪費在瑣事上，而作家在 1876 年給她的信中說明了這份刊物對自己的重要性：「一個藝術家，除了詩歌外，應該對現實有透徹的了解，無論歷史或現況。在我看來，國內精通此道的只有一個人——列夫・托爾斯泰伯爵。我高度讚賞的小說家雨果，儘管他的細節有時候過於繁冗，終究還是令人讚嘆的研究，要不是他，那些情況也許永遠不會被人知道。這就是為什麼我打算寫一部大長篇時要細心關注這方面的原因，不是要研究現實本身，這我已經很熟了，而是現實的種種細節。」

即再刷，二月號首刷增為六千冊，訂戶不多，以零售為主；這次成功的獨立出版嘗試，為作家帶來可觀的收入，甚至比單寫小說還好。

一八七七年

春，在舊魯薩買了一棟別墅。夏，全家赴庫爾斯克省找小舅子作客。十一月，以俄語及文學獲選科學院通訊院士。十二月二十七日，涅克拉索夫過世；十二月三十日，在涅克拉索夫的告別式上致悼辭，稱讚他「應名列在普希金及萊蒙托夫之後的詩人」。

一八七八年

五月十六日，兒子阿列克謝歿。六月，與哲學家索洛維約夫造訪奧普金那修道院，與知名修道士安弗羅斯會面。

一八七九年

一月，於《俄羅斯通報》上開始連載《卡拉馬助

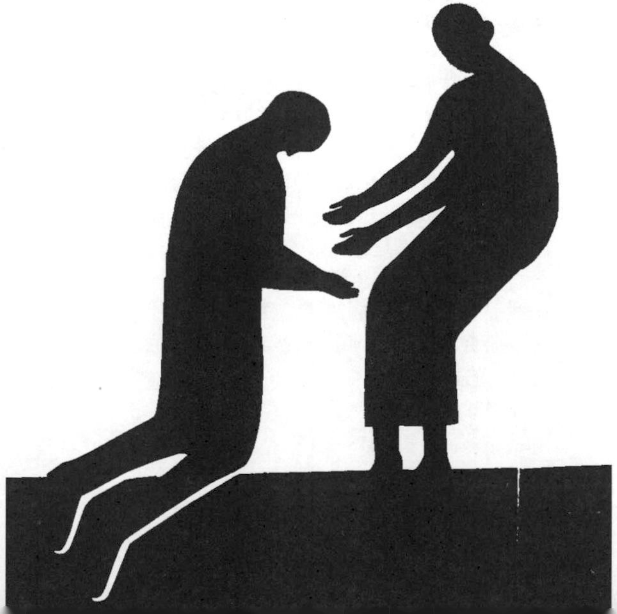

在這幅圖像中（莫斯科的杜斯妥也夫斯基地鐵站壁畫，丘光攝），彷彿看到犯罪者與拯救者之間連繫著某種橋梁，也彷彿是《卡拉馬助夫兄弟》裡試圖要勾勒的：新生命是如何從即將死去的舊生命裡誕生。

夫兄弟》。

一八八〇年

五月二十三日～六月十日，赴莫斯科參加普希金紀念碑揭幕儀式；六月七日，參加俄國語文愛好者協會會議，在屠格涅夫演講後發表簡短談話；六月八日，在第二場俄國語文愛好者協會會議，以「普希金」為題發表演講，博得滿堂喝采，獲贈花冠，晚間在文學音樂會上朗讀普希金的詩作，該夜將花冠獻於普希金紀念碑腳下。

一八八一年

一月二十六日，因搬過重的書架導致肺動脈破裂出血不止；一月二十八日（新曆二月九日），晚間八點三十六分，逝於彼得堡。《新時代》最先發出訃聞：「過世的不僅是一位作家，還是一位導師，更是一位高貴的人。」一月三十一日，出殯，「整個社會都為他送行」。一月底，出版《作家日記》一月號。

六月八日的「普希金」演說大獲成功，他在其中提到俄國透過普希金，找到了一條通往世界之路：「一個真正的俄國人，意味成為所有人的兄弟……啊，所有斯拉夫派和西方派不過是個誤會……我重申，至少，我們可以指出普希金天才的世界性和全人類性，他本能地將國外的天才容納在自己心中，至少在藝術作品中，他毫無疑問地表現出這種俄國精神所追求的世界性。」

杜斯妥也夫斯基對這次的活動頗感自豪，還向朋友轉述當時的情況：「演講後反應熱烈，有兩位老人上前向我致意，說他們倆是二十年的仇家，這二十年來都想害對方，聽了我的演講後，他們馬上和好，現在就是來告訴我這件事……另一位大學生上前來見到我後，興奮地昏倒在我面前的地板上。」

這座時鐘（彼得堡的杜斯妥也夫斯基文學紀念館內，熊宗慧攝）永遠停止在杜斯妥也夫斯基的死亡時刻。

二月一日，葬於彼得堡的亞歷山大・涅夫斯基修道院附設墓園；其間，友人哲學家索洛維約夫發表悼念詞：「杜斯妥也夫斯相信人類心靈擁有無窮的神聖力量……他的愛團結了我們彼此。」

二月初，列夫・托爾斯泰得知他的死訊後相當震驚，給雙方共同的友人斯特拉霍夫的信中寫到：「我從未見過這個人，也從未與他有過直接來往，突然間他死了，我才了解他是我最最親近、親愛又需要的朋友。……我失去了支柱。我倉皇失措，後來才明瞭，他對我來說多可貴，我哭過了，而現在還想哭。」

杜斯妥也夫斯基晚年（最後兩三年）居住的公寓窗景（熊宗慧攝），望出去可以看到弗拉基米爾聖母像大教堂的圓頂十字架，作家死後在此舉行安魂彌撒。
這間公寓相當符合他選擇住所的兩個條件：十字路口和鄰近教堂。

故居紀念牌匾（熊宗慧攝），上面寫著：「杜斯妥也夫斯基於 1846 年，以及 1878 至 1881 年 2 月 9 日臨終時，居住在這間房內。他在這裡完成最後一部小說《卡拉馬助夫兄弟》。」

杜斯妥也夫斯基 51 歲時的畫像，1872 年佩羅夫繪（巡迴展覽畫派創辦人之一，原作為彩色油畫）。約半年前，作家與第二任妻子從國外長期旅行回來，並剛添了一個兒子，此時他已戒賭，家庭生活安定，眉宇間流露出一種低調的自信，彷彿預見了自己創作生涯的最後黃金十年。